dtv

Auf den ersten Blick verliebt sich der junge Bauer Viljami in Lempi, die Tochter eines Ladenbesitzers aus der kleinen Stadt Rovaniemi in Lappland. Schon kurz darauf heiraten sie, und Lempi zieht zu Viljami auf den Hof. Um sie zu entlasten, stellt ihr Mann eine Magd ein: Ellie wäre aber insgeheim selbst gern an seiner Seite. Nach einem einzigen glücklichen Liebessommer wird Viljami 1943 zum Kriegsdienst eingezogen. Als er zurückkehrt, ist die Stadt zerstört und Lempi verschwunden. Dass sie wie ihre Zwillingsschwester Sisko mit einem Offizier nach Deutschland gegangen sei, kann er sich nicht vorstellen. Viljami, die Magd Elli und Sisko erinnern sich an Lempi aus ihrer jeweils sehr eigenen Perspektive – und immer geht es um die ewige Frage: Was heißt Liebe?

Minna Rytisalo, geboren 1974 in Lappland, arbeitet als Finnischlehrerin und schreibt einen literarischen Blog. ›Lempi, das heißt Liebe‹ ist ihr erster Roman und wurde von finnischen Bloggern als bester Roman 2016 mit dem Blogistania-Finlandia-Preis ausgezeichnet; außerdem erhielt Rytisalo 2017 den Botnia-Literaturpreis.

Minna Rytisalo

Lempi, das heißt Liebe

Roman

Aus dem Finnischen
und mit einem Nachwort
von Elina Kritzokat

Die Arbeit der Übersetzerin wurde gefördert vom
Deutschen Übersetzerfonds, dem Baltic Centre for Writers
and Translators und FILI, Finnish Literature Exchange.

Ausführliche Informationen über
unsere Autoren und Bücher
www.dtv.de

2020 dtv Verlagsgesellschaft mbH & Co. KG, München
Lizenzausgabe mit Genehmigung der
Carl Hanser Verlag GmbH & Co. KG, München
© 2018, Carl Hanser Verlag GmbH & Co. KG, München
Die Originalausgabe erschien 2016 unter dem Titel
›Lempi‹ bei Gummerus in Helsinki.
© Minna Rytisalo, 2016
Published by agreement with Gummerus Publishers,
Helsinki, Finland, through Stilton Literary Agency.
Umschlaggestaltung: dtv nach einem Entwurf von
Peter-Andreas Hassiepen, München
unter Verwendung eines Motives von
plainpicture/Millenium/Frendberg
Gesamtherstellung: Druckerei C.H.Beck, Nördlingen
Gedruckt auf säurefreiem, chlorfrei gebleichtem Papier
Printed in Germany · ISBN 978-3-423-14748-4

Für Iku und Otso,

seseneija,

immer.

Für Marjatta,

der ich es versprochen habe.

Prolog

In der Wegbiegung sieht man sie schon gut, da kommt sie, näher, schärfer umrissen, noch näher, bis hierher, trägt einen großen Koffer, bleibt stehen und stellt ihn ab, schwer ist er nicht, man sieht es am Wackeln. Sie streift sich übers Ohr, verlagert das Gewicht. Ihre Hüfte rutscht zur Seite, unter der Kleidung zeichnet sich die Unterhose ab, ihr Pony ist zu hübschen Seitenwellen frisiert, und sie fragt, ob das hier Pursuoja sei. In ihrem Gesicht erkennt man Aarres Züge, und sie kommt her, weil sie anders nicht kann, das muss man wissen und verstehen. Sie trägt Puder, Lippenstift und Lederstiefel, dazu das süße Lächeln der Verwöhnten, und während man sie so beobachtet, plumpst prompt die Kanne auf den Boden, die Milch fließt in breiten Strömen zwischen die Steine, und kurz darauf ist es, als hätte es nie Milch gegeben.

In den Schritten, die jetzt zur Treppe hasten, steckt Hoffnung, und in den Augen ein Glühen, das die mit der Milchkanne nie hat wecken können.

Die Frau tut einen Schritt, streift einen Handschuh von der Hand, einer glatten mit langen Fingern und schönen Nägeln, streckt sie aus, schaut beide an, erst die Frau mit der Kanne, dann den Mann, in seinem Gesicht zeigt sich ein nie gesehener Ausdruck, hinterm Eis seiner Augen neues Licht, in seiner Mimik spielen lange vergessene Muskeln; er ist es, auf dem ihr Blick ruht, als sie nachfragt, bin ich hier richtig?, und sogar ihre Stimme klingt gleich.

Der Mann auf der Treppe ist wie erstarrt, die ganze Welt bleibt stehen, die Vögel schweigen, die Tanne in der Hofmitte horcht, nichts wächst, keine Welle schlägt ans Ufer in diesem Moment, da die Welt darauf wartet, in eine neue Position zu rücken, und dies ist das Ende aller Dinge, und es ist der Anfang aller Dinge.

Rovaniemi, 14. Sept. 1944

Lieber Viljami.

Ich schreibe Ihnen, damit Sie es nicht von anderen hören. Wir haben Befehl zu gehen, also gehen wir. Ihre Frau ist nicht dabei. (Wurde beim Einsteigen ins Auto eines Deutschen gesehen.) Glückwunsch zu Ihrem Sohn, es geht ihm gut. Er bekommt Milch. Auch Antero geht es gut. Die Kühe sind schon weg. Ich schreibe von unterwegs mehr.

Mit frdl. Gruß, Elli

Haaparanta, 30. Sept. 1944

Lieber Viljami.

Ich habe mich erkundigt. Niemand weiß etwas über Ihre Frau. Am besten ist es, sie zu vergessen. Versuchen Sie darüber hinwegzukommen. Den Jungen geht es gut. Den Kleinen nenne ich Aarre.

Mit frdl. Gruß, Elli

Auf schwedischer Seite, 15. Okt. 1944

Lieber Viljami.

Mein Beileid. Sie ist gestorben, sagen die Leute. Schlimm,
dass es so ausgegangen ist. Den Jungen geht es gut. Ich sorge
gut für sie.

Mit frdl. Gruß, Elli

VILJAMI

Ich denke an die Eintagsfliegen, daran, wie sie auf- und abstiegen und jede im Licht der Abendsonne deutlich zu sehen war, jede einzeln auf ihrer Bahn, einen Meter hoch und wieder einen Meter runter. Hoch und runter, das Licht fiel in den Streifen zwischen Ufer und Stall, in der Sauna knisterte das Feuer, die Finger rochen nach Rauch, und durchs Gras führte ein Ameisenpfad, der Höhepunkt des Sommers, auch des Lebens, aber das wusste ich da noch nicht. Seid dankbar für das, was ihr kriegt, sagt man, aber das kann ich nicht, denn ich kann nie mehr in die abendliche Stunde zurück, in der du neben mir auf der Treppe vor dem Haus saßt, ich deine leichten Atemzüge hörte und schon selbstsicher genug war, um dich anzusehen. Nie wieder werde ich deine Beine und deine gebräunten Zehen neben meinen fühlen, deinen nackten Arm dicht an meinem, dich ansehen und ein Lächeln zur Antwort kriegen, das sagt: So ist es gut. Die Erinnerung lässt mich sehen, was immerhin noch da ist: die Eintagsfliegen, die Schwalben, den Rauch über dem Saunaschornstein. Ohne das geht der Mensch kaputt.

Hier liege ich, unterm Kopf der Rucksack und unterm Rücken Fichtenzweige, über mir ein Gitter aus Ästen, an denen graue und grüne Bartflechten wachsen, dahinter das Blau des späten Sommers. Mühelos würde ich von hier über die Kämme und Moore ans Ufer finden, das früher mein Zuhause war, unser Zuhause, natürlich würde ich das, an einem einzigen Tag könnte ich hingehen, aber ich tue es nicht. Gestern bin ich vom Westrand des Trockenmoors hergewandert, letzte Woche überhaupt die ersten Kilometer. Jeder Meter ist hart, jeder Schritt. Ständig werde ich langsamer und überlege: Soll ich hierbleiben? Und nicht gehen?

Nichts war langsam und nichts schwierig, als es begann. Ich brauchte Salz und weiße Farbe für die Fensterrahmen und konnte im Auto bis in den Ort mitfahren, schon das ein schöner Zufall. Wir sahen uns die Gebäude der Deutschen an, Johannes Heikkilä und ich, und irgendetwas, vielleicht das Licht an diesem Vormittag oder der Geruch von frisch gesägtem Holz oder die überraschend warme Luft – ich wollte am liebsten die Handschuhe ausziehen und die Jacke aufmachen, dazu die Vögel und die blubbernden Regenrinnen –, irgendein Gefühl von Neuanfang ließ mich fragen: Wie heißt denn die Tochter des Ladenbesitzers? Ich wusste es nicht, da wird man ja wohl fragen dürfen, und schon deshalb musste ich lächeln. Du senktest den Kopf, gucktest durch deine Wimpern und sagtest leise, mit Grübchen in den Wangen: Lempi.

Lempi, das heißt ja Liebe, dachte ich, und hörte genau das in deiner Stimme. Willst du deine Fenster streichen?, fragtest du und hobst den Kopf, blicktest mich geradeaus an. Nee, das Holz, antwortete ich, und du strahltest übers ganze Gesicht – dass es so ein Lächeln überhaupt geben kann –, und fast schon mit einem richtigen Lachen sagtest du: Ah, den

ganzen Wald willst du streichen, wie groß ist der denn?, und
dann flüstertest du deiner Schwester etwas ins Ohr, und die
prustete los und flüsterte zurück: Ich hab's ja gesagt, sowas
in der Art, als hättet ihr eben noch über mich geredet. Du
kommst doch wieder?, fragtest du, als du mir das Paket mit
dem Einkauf gabst, deine Finger berührten meine, draußen
tropfte das Wasser von den Eiszapfen. Wenn ich darum gebeten werde, sagte ich, irgendwie konnte ich bei dem flotten
Geplänkel mitmachen, und du legtest gleich nach: Na, dann
muss ich wohl bitten! – Aber recht freundlich. – Ach, auch
noch freundlich?, und schon waren sie da, deine Lippen auf
meiner Wange. So ging das.

Es begann ganz plötzlich über den Tresen hinweg, du hast
dich auf die Hände gestützt und zu mir vorgebeugt, deine
Hacken lösten sich dabei bestimmt vom Boden, sonst wärst
du nicht hoch genug gekommen, und draußen sangen die
ersten Vögel. Ich wurde rot und sah dich an, deine Füße
kehrten auf den Boden zurück, deine Hände lösten sich vom
Tresen, aber unsere Augen sich nicht voneinander, und da
war niemand mehr außer dir und mir, uns.

Dass es so gehen kann, ich hätte das nie geglaubt. Natürlich kannte ich euch Schwestern, alle kannten euch, manche hatten sogar ein bisschen Angst vor euch und witzelten
über die eigensinnigen Abiturientinnen, ich habe das alles
gut im Ohr, und bis zu dem Tag hätte ich es nie gewagt, dich
anzuschauen. Ich erinnere mich bis heute an die Einkaufs-
touren, bei denen ich draußen auf Vater wartete und du mit
den Händen in den Hüften die rumlungernden alten Män-

ner vertrieben hast, an deine bösen Blicke, wenn einer dir ungefragt Honig ums Maul schmieren wollte, und erst heute wird mir klar, wie jung du da noch warst, erst zehn oder elf, und doch schon ernst zu nehmen. Als Mutter frisch unter der Erde lag, waren Vater und ich im Laden Bücher abholen, wir mussten, Mutter hatte sie noch bestellt, ich wartete draußen und sah dich die Treppe fegen, so zackig, dass dein langer Zopf wütend hin und her flog, und die alte Bäuerin von Nuolioja, die mit ins Dorf gekommen war, weil sie zum Arzt musste, brummte: Das Mädel hat ein Temperament, so hitzig, das kriegt keiner gezähmt.

Das stimmte. Und das war auch nicht nötig. Du hast mich gewählt, wobei ich nicht sicher bin, ob du mich schon länger beobachtet hattest, das habe ich vergessen zu fragen. Ich hätte mich das nie getraut, dich anzusprechen, ich war zu scheu, das wäre unmöglich gewesen. Nicht mal im Traum wär's mir eingefallen, aber dann ging die Ladenklingel, ich hörte sie deutlich irgendwo hinter mir, in der linken Hand hielt ich die Handschuhe, draußen schmolz der Schnee, und nur wenige Augenblicke später fühlte ich deine Lippen auf der Wange, ganz weich, schnell wie ein Blitz und trotzdem ewig, und als ich dich anguckte, standst du einfach vor mir, und ich konnte den Blick nicht mehr lösen, meine Augen waren in deinen festgehakt. Der Laden roch nach Mädchen, was für ein Geruch das auch immer ist, woher soll ich das wissen. Süßlich, sauber, anders als bei Männern, kommt vielleicht von den Haaren und der Haut, den Atemzügen. Ihr wart zu zweit, doch ich sah nur eine. Damit fing es an. Du wandtest den Blick nicht mehr ab, und ich auch nicht. Es ging schnell. Zwei Briefe, schon wolltest du die Frau an meiner Seite werden.

Ich legte deinen Brief so auf den Nachttisch, dass ich ihn immer sofort sah. Der Umschlag war unschön aufgerissen, so eilig hatte ich es gehabt beim Aufmachen, wegen der fremden Frauenhandschrift, mein Name vollkommen richtig geschrieben, wie gemalt in nach rechts geneigten, runden Buchstaben, und ich wusste schon am Briefkasten: Das bist du. Das dünne Papier fühlte sich weich an, auf dem Umschlag prangte neben der Briefmarke ein kleiner Fleck, auch den guckte ich genau an und stellte mir deinen Mund vor. Jedes Wort lernte ich auswendig. Das wichtigste war kurz, hatte nur drei Buchstaben. *Vielleicht sehen wir einander wieder?* Ich weiß genau, wie ich am Tisch saß, immer noch unsicher, und aus dem W, dem I und dem R die Bedeutung herauszulesen versuchte, die die Buchstaben dann bald bekamen, als sie zu diesem Wir wurden.

Zum Glück wusste ich, was für ein Mädchen ich mir ins Haus holte. Du warst mutig und flink, das war mir bekannt, aber auch an elektrisches Licht gewöhnt, hattest jahrelang die Schule besucht und trugst die weiße Abiturientenmütze. Ich konnte dir mein Bauernhaus und das Seeufer bieten, ich weiß noch, wie ich da stand, alles betrachtete und mir vorstellte, wie du mit mir unterm gleichen Dach wohnst, der Wollteppich an der Wand, im Regal die wenigen Bücher, ein paar Kühe, der Hofhund und die Katze Miisu. In deinem

Zuhause gab es eine Haushälterin, die euch bekochte und für euch wirtschaftete, damit ihr Mädchen zur Schule gehen konntet, und ganz bestimmt hatte dein Vater sich was anderes für dich vorgestellt als meinen bescheidenen Hof.

Geld hatte ich noch von meinen Eltern, und ich überlegte, dass ich gegen einen kleinen Lohn eine Magd ins Haus holen könnte, zu deiner Unterstützung. Alles regelte sich schnell und mühelos. Sollte der alte Heikkilä doch lachen, dass dem Viljami eine Braut allein nicht reicht – in mir pochten Mut und Selbstvertrauen, und ich wusste, so und nicht anders.

Man kann sehr ruhig sein, wenn Gewaltiges passiert. Das habe ich später an der Front gemerkt, und schon damals war es so. Ich klopfte die Teppiche, schrubbte die Fußböden und im Stall die Wände, fuhr ins Kirchdorf und bestellte beim Fotografen ein Hochzeitsfoto und im Gasthaus den Kaffeetisch und vereinbarte den Lohn für die Magd. Abends schlief ich erschöpft ein, morgens wachte ich mit einer langen Liste im Kopf wieder auf, und beim Aufstehen sah ich sofort deinen Brief an der Teekanne. Das war vielleicht eine Zeit. Und ich sicher und unsicher, ruhig und unruhig zugleich.

Einen Strauß trugst du nicht, dafür die Brosche deiner Mutter. Der Pastor gab uns an der Kirchentür die Hand, ein alter Mann, ich kannte ihn nicht. Die Aussegnung meiner Eltern hatte Joutsijärvi gemacht, der mir bei Vaters Beerdigung die Hand auf die Schulter gelegt und versichert hatte, dass der Herr auf seine Schafe aufpasse und ich als Waise nun bei Gott ein Zuhause hätte. Darauf wusste ich nichts zu sagen und nickte nur; ich war noch ein Junge, fast ein Kind. Als ich mit dir an derselben Tür stand und wir vor den Altar traten, war ich ein Anderer, ein Neuer.

Deine Haare waren im Nacken zusammengerollt, kein langer Zopf mehr über deinem Rücken, der Unterschied fiel mir sofort auf, und deine gebogenen Augenbrauen hoben sich, als du ja sagtest. Die Kirche war kalt, aber deine Hand warm, und die einzigen Zeugen waren deine Schwester Sisko und dein Vater, als du dich vor Gott mit mir vermähltest. Was zitterten mir die Glieder, wie einem Küken, einem Rentierkalb. Bis du mich zum Mann gemacht hast.

Und dann.

Dann kam alles anders, und damit soll ich mich nun abfinden, weil man sowieso nichts ändern kann, man kann ja das Schicksal nicht ändern. Bloß, wie soll ich sowas annehmen, mich dreinfinden? Und jetzt liege ich hier auf einem Bett aus Fichtenzweigen, Torf und Erde, die Luft riecht herb und klar, so wie ich's kenne, nach Sumpf und Harz und der aufziehenden Kälte. Ich bin schon so nahe, dass ich die Himmelsrichtung genau kenne und den Winkel der Sonne um diese Zeit des Tages und des Jahres. Ich weiß, wie du dir in diesen Minuten die Stallschürze umgebunden hättest, es wäre an der Zeit gewesen, die Kühe von der Wiese zum Melken in den Stall zu rufen, Ptrui-Ptrui, mit dem Lockruf, und schon sehe ich vor mir, wie wir vor dem Spiegel geübt haben und ich dir gezeigt habe, wie man ruft, wie schnell und wie hoch, damit die Kühe gehorchen. Hätte ich wenigstens einen besseren Spiegel gehabt.

Dicht nebeneinander saßen wir, und von Eile wussten wir noch nichts, hatten alle Zeit der Welt. Komm, wir üben, sagte ich und legte meinen Arm um dich, da traute ich mich schon. Ich machte es dir vor, du schautest aufmerksam in den Spiegel. Irgendwo knarrte eine Tür, wohl die Magd. Deine weißen Zähne beim Lachen, das krieg ich nie und nimmer hin, einen solchen Ton. Ich zog dich fester an mich, hob die freie Hand und strich dir übers Gesicht. Im Spiegel sah ich zu, wie mein Finger über deine Wange wanderte und über den Rand deiner Lippen, wie dein Blick ernst wurde und deine Augen glühten. So war das damals in diesem Sommer und Herbst, ich bekam dieses Glück geschenkt, an das ich heute nicht mehr zurückdenken mag. Die Erinnerung an diese Zeit reibt mich auf und reißt mich in Stücke. Jetzt zittern mir die Hände. In meiner Faust steckt grünes Moos, aber in meiner Seele nur Leere, die nie verschwinden wird und schmerzt und hallt.

Ich habe die Hände eines erwachsenen Mannes. Die meines Vaters. Groß, mit hervortretenden Adern und quadratischen Nägeln, zur Faust geballt richtig hart, mit ledriger Haut. Diese Hände haben geladen und geschossen, Hunderte Male, und sie haben nicht mal gezittert, als diese Nachricht kam, die über dich, Lempi. Meine Hände erinnern sich viel besser an deine weiche Haut als an Schlamm und Dreck. Aber was soll ich mit diesen Händen noch tun? Abends haben sie deine Haare gestreichelt, so oft und trotzdem zu selten. Im Vergleich zu anderen haben wir dennoch eine lange

Zeit bekommen, einen ganzen Sommer und fast das restliche Jahr, bis –.

Dann kam der Brief. In deinen Augen schwarze Angst, als du ihn mir hinhieltst und ich ihn nahm. Deine Hand zitterte, fiel schlaff herunter, suchte unter der Schürze nach der anderen Hand. Deine Schultern waren steif, deine Atemzüge schnell. Draußen waren die Tage kurz und schummrig, dabei ist der tiefste Winter nicht so dunkel, wie man denkt, wenn man auf dem überfrorenen Steg in den Himmel blickt, mit Wassereimern in den Händen, die wärmer werdende Sauna riecht, Schritte hört und merkt, dass die Atemzüge anders klingen. Ist das jetzt alles? Was passt noch in den Rucksack? Oder wäre es besser, nicht davon zu sprechen? Vielleicht ja. Das hätte ich dir niemals zumuten wollen, habe ich gesagt, und dass es zu Nachbar Heikkilä nicht weit sei und ich ganz bestimmt zurückkehre, davor brauchst du keine Angst zu haben. Abends endete es in Tränen und Krämpfen, einer Hitze und Wut, die mich überrumpelten, dabei hatte ich eigentlich schon gelernt, wie stark die Kräfte einer Frau sind. Ich versprach dir tausend Mal, dass ich zurückkehre, und hier bin ich, ich kehre zurück. Doch du hättest mir das auch versprechen müssen, und zwar mit Worten, wieso habe ich dich nicht dazu gebracht? Ich dachte, dass du mir mit jedem lauten Seufzer und jedem wilden Schrei versprochen hast, am Leben zu sein.

Wenn an der Front Post verteilt wurde, erklang mein Name oft. Es gab einen regelrechten Wettbewerb um Briefe, auch darum, zwischen manchen Soldaten jedenfalls. Du hast mir vorgeworfen, nicht oft genug zurückzuschreiben, gefragt, ob meine Briefe unterwegs verlorengingen, denn deine Briefe kamen an. Und gleich nach dem Lesen verbrannte ich sie. Ich las sie allein, in einem Versteck, ging rein in die Stube und verbrannte sie. Ich habe ein gutes Gedächtnis, und es wäre nicht richtig gewesen, hätten die anderen in meinem Rucksack wühlen und deine Briefe lesen können, falls mir etwas zugestoßen wäre. Sie hätten ja nicht nur in meinen Sachen, sondern auch in dir gewühlt, unsere vertrautesten Momente hätten sie herausposaunt. Ich glaube nicht, dass andere solche Briefe bekamen. Du hattest Worte, die mich mitten im Krieg und im Tod ganz lebendig machten, sodass es wehtat. Meine Kameraden wunderten sich über die verbrannten Briefe, spotteten sogar, doch ich sagte, die Briefe seien nun mal so heiß, dass sie mir die Finger versengten. Aber es standen auch andere Dinge drin, gerade zum Ende hin. Ich verstand auch deine versteckten Botschaften. Du warst niedergeschlagen und erschöpft, hattest Angst, hast mich und deine Schwester, deinen Vater und auch das Leben im Dorf vermisst, obwohl du das nie direkt geschrieben hast. Du hast lieber die Erinnerungen an unseren ersten Sommer hervorgeholt, ihn immer und immer wieder mit deinen Worten ausgemalt. Dabei wusste ich auch so genau, wie er gewesen war, Lempi.

Ich las alles und konnte fühlen, wie tapfer du warst, doch

mir war zugleich klar, dass das Wesen in deinem Bauch und überhaupt das Leben deine Kraft aufbrauchte, du hast ja nicht dagesessen und Däumchen gedreht. Und dann gab es noch den kleinen Antero, und selbst wenn die Magd tüchtig mithalf – ich fehlte. Mich hättest du gebraucht, einen Mann, der auf dich achtgibt und auf das Kleine. Immer wieder nur der Sommer, und in einem der Briefe ein schwach aufkeimender Gedanke, den ich sehr wohl spürte: Was, wenn du bei deinem Vater geblieben und nie nach Pursuoja gezogen wärst. Ich versuchte, den Ton rauszuhören in diesen Zeilen über deine Schwester und ihren deutschen Bräutigam, doch es blieben Buchstaben auf Papier, und mir fiel nur ein, dass ich dich mehrmals gefragt hatte, ob du es bereust, und du jedes Mal nein sagtest. Doch nun warst du elend allein, sicher bereutest du es inzwischen. Bloß – wir hätten sonst nicht erlebt, was wir bekamen.

Wie konnte es nur so ausgehen?

Die Frage ist so groß und unfassbar, dass ich sie bloß wie ein fernes Flüstern höre. Nie hätte es so laufen dürfen. Leider weiß ich nur, was erzählt wird, ich war ja nicht da. Ich rätsele und vervollständige die Geschichte, jedes Mal anders, Einzelheiten kenne ich nicht. Wie fühlte sich deine Haut an, als du noch geatmet hast? Was hast du in deinen letzten Tagen gegessen? Mit wem hast du gesprochen? In welcher Sprache? Wo bist du jetzt? Wie schnell kann man vergessen, wer man ist, und alles hinter sich lassen? Dass du das getan hast, was die Magd in ihrem Brief behauptet, kann nicht sein, das weiß ich. Aber irgendwo in mir fühle ich die Ge wissheit, dass du nicht mehr am Leben bist, ich fühle es an einer Stelle, für die es keinen Namen gibt. Etwas ist für immer verschwunden.

Doch dein Kind hättest du nie verlassen, und auch mich nicht. So bist du nicht, so kannst du nicht sein. Nicht wahr, Lempi?

Noch nie ist mir der Rucksack so schwer vorgekommen wie auf diesem Heimweg, dabei ist gar nicht viel drin. Zerfetzte Träume, Wärme, die schon abkühlt, Erinnerungen an ein Lächeln, das es nicht mehr gibt. Hätte ich wenigstens einen der Briefe aufgehoben, einen schönen aus der Anfangszeit. Ich weiß deine Worte natürlich auswendig, aber das reicht nicht, nichts reicht, und es ist grausam, dass ich zurückmuss. Im vollgestopften Zug sitzen, aus der Stadt bis ganz in den Norden nach Rovaniemi, mit viel zu vielen Leuten. Wieso kehrt der Soldat so spät zurück? Was soll ich darauf schon sagen. Die Leute reden wie eh und je, über alles, unbegreiflich, wo in meiner Welt jetzt alles anders ist, in meinem Universum ist der Mittelpunkt verschwunden. Von Rovaniemi bin ich mit einem Laster weitergekommen, hinten auf der Ladefläche, und schließlich zu Fuß, immer die Straße entlang, die ich so gut kenne wie sonst nichts. Jeder andere wäre losgerannt, ich nicht. Und ich hätte die Straße nicht verlassen dürfen.

Aber ich habe es getan, mit einem großen Schritt über den Graben. Mir aus Gewohnheit ein paar Preiselbeeren in den Mund gestopft. Den Sumpf habe ich über die festeren Erdstellen überquert, ein toter Ast ist mit lautem Knacken zerbrochen. Mücken gibt es kaum noch, der Herbst ist zu weit fortgeschritten, die Laubbäume und der Boden sind rot und gelb. Ich bin hinterm Tümpel langgegangen und hab mich in den Schutz unterhalb des Hügels zurückgezogen. Hierher. Weit weg von allem. Mein Atem ist fast stehengeblieben und eine Schmerzwelle ist durch meine Brust gewandert, so stark, dass sie mich fast niedergedrückt hat. Ich hätte beinahe sterben können, und seitdem habe ich mich von diesem Ort nicht mehr wegbewegt. Ich liege auf der Erde, auf der Seite, zusammengekrümmt, die Knie umklammert, und wie von weither habe ich einen Laut gehört, irgendwas zwischen Weinen und Schreien, aber mehr ein Schreien.

Von hier ins Dorf Siurunmaa sind es rund sechs Kilometer, Vogelfluglinie immer nach Norden, aber diesen Weg würde niemand nehmen. Überall lauern Minen, haben sie im Kirchdorf gesagt, aber ich trete nicht rein, für mich ist ein anderes Schicksal vorgesehen. Andauernder Schmerz, eine schwelende, quälende Brandwunde. Aber nach außen sieht man das nicht. Wie einfach es wäre, man würde es sehen: ein fehlender Arm, ein verbundener Kopf, ein humpelndes Bein. Doch ich wirke unversehrt, gehe mit langen Schritten durch den Wald, habe in den Armen dieselbe Kraft, die mit vierzehn, fünfzehn in meine Muskeln schoss. Ich erinnere mich noch an jene Rudertour, es war Vaters letzter Sommer, und ich fühlte im Rücken, in den Armen und Schultern, überall im ganzen Körper diese Kraft, die ich vom Vorjahr nicht kannte. Die Ruder glitten geschmeidig durchs Wasser, die quietschenden Dollen gehorchten, das Boot folgte meinem Willen, als wäre es nur ein Holzspan.

Doch jetzt gab es diesen Schwelbrand, das bittere Glühen und Qualmen. Selbst wenn man im Frühling denkt, die nassen, toten Halme brennen nicht – sie brennen doch, eignen sich sogar zur Brandrodung. Das habe ich von meinem Vater gelernt. Sie brannten, als wir am Ufer standen, das zeigte er mir mit allen seinen Bewegungen, dem Stochern der Eisenegge, dem Ausweichen vor dem schwarzen, feuchten Qualm, er bewegte sich bedächtig, sein Blick ging schon in eine Ferne, die ich nicht kannte. Feuer arbeitet sich langsam voran und glüht auch dort, wo man es nicht sieht, da harrt es aus und zerstört leise, aber unausweichlich alles, was da ist. Gleich unter der obersten Erdschicht liegt Torf, und selbst diese Schwärze kann schwelen.

All das habe ich gelernt, obwohl ich es nicht lernen wollte; ich habe es geerbt, dasselbe Schicksal.

Du hattest gewaltig viele Sachen dabei, als du als Braut in mein Haus kamst. Johannes Heikkiläs Vater bot sich als Fahrer an und lud die Ladefläche seines Wagens voll, während wir in der Kirche waren. Auf der Fahrt saßen wir vorn im Fahrerhaus, du in der Mitte. Ich wusste nichts zu sagen und blickte geradeaus oder rechts zum Fenster raus, dich wagte ich nicht anzusehen. Ich versuchte so zu sitzen, dass mein Bein dich nicht aus Versehen berührte. Die Umgebung wurde vertrauter, ich versuchte sie mit deinen Augen zu sehen, wie zum ersten Mal. Ob das da draußen sehr einsam und heruntergekommen wirkte? Ländlich, das auf jeden Fall.

Heikkilä schwieg und konzentrierte sich aufs Fahren. Beim Birkenwäldchen war der Weg fest, doch in den ungeschützten Weiten am Trockensumpf hatte die Sonne den Schnee angeschmolzen. In einer Kurve schwanktest du zur Seite, oder war es das Auto, jedenfalls berührte deine Hüfte meine, und du rücktest nicht weg. So locker bewegen sich Frauen also, sitzen einfach da, dachte ich, doch dann verstand ich. Diese Kurve ist gar nicht weit von hier entfernt. Jedenfalls blieb mein Gesicht zwar weiter zur Scheibe gerichtet, doch aus dem Augenwinkel sah ich dich an und fasste Mut, ließ meine Hand von meinem Bein auf deine Hand wandern, die lag wiederum auf deinem Bein. Da blieb sie, meine Hand.

So, Herr Bräutigam, sagte der alte Heikkilä, als wir in Pursuoja ankamen. Damit war die Fahrt vorbei. Noch war die Schmelze nicht zu stark gewesen. Er reichte mir die Hand wie einem Mann, kniff ein Auge zusammen und nuschelte sowas wie: Dann mal schön abladen, oder will das junge Paar etwa sofort ins Haus? Er selbst wollte Asche auf die Felder bringen und den Wagen erst am nächsten Morgen holen, wenn der Schnee auf den Wegen fester wäre.

Die Ladefläche war voll mit deinen Dingen. Koffer, Truhen und drei große Wandteppiche, die bei Schneeregen nass werden würden, es war klüger, gleich alles reinzubringen. Dutzende Bücher, spitzenverzierte Bettwäsche, Fotos für den Ehrenplatz auf der Kommode, allerhand Frauenzeug, sogar eine Hutschachtel, aber dieses Wort musstest du mir erst bei-

29

bringen. So viele Dinge waren es, bestimmt hast du einiges nach dem Einzug nicht mehr angerührt.

Die Magd war schon vor uns ins Haus gegangen, von den Küchenschränken her tönte lautes Poltern. Du standst an der Haustür, in feinen, zierlichen Schuhen, die nur Innenräume kannten und beim Weg über den Hof sicher nass geworden waren. Bereust du es?, fragte ich leise, stellte einen Koffer neben dir ab, nahm allen Mut zusammen und sah dich an. Du lächeltest leicht, vielleicht musstest du erst überlegen, und sagtest, nein. Vor dem Haus hatten sich im Matsch große Pfützen gebildet, die über Nacht gefroren waren. Ich Dummkopf, wieso hatte ich nicht daran gedacht, auch den Hof in Ordnung zu bringen. Jetzt musstest du mit nassen Schuhen anfangen, aber du lachtest nur und sagtest: Holst du Wasser? Dann können wir Kaffee aufsetzen, oder ich, ich bin doch die Ehefrau, ich koch ihn dir. So warst du, damals am ersten Tag auf meinem Hof, und uns glückte alles, sofort.

So gut lief unser Anfang, nie hätte ich kommen sehen, dass ich alles verlieren würde. Jetzt bin ich wieder hier. Ich lehne an dem Stamm der hohen Fichte und verberge mich in ihren Zweigen, will das schöne Herbstlicht nicht, es ist wie Hohn. Aber die Augen zuzumachen ist fast noch schlimmer, als sie aufzuhalten. Wenn ich wenigstens schlafen könnte, richtig tief schlafen und fliehen. Die Fichte hat unter ihren Zweigen ein trockenes Nadelbett, und der Rucksack ist mein Kissen. Vielleicht wird das mein neues Krankenbett, bin ich doch derselbe hoffnungslose Fall wie im Lazarett, schlafen kann ich noch immer nicht. Irgendwann haben sie dann eingesehen, dass Elektroschocks die Not nicht lindern. Der Zwangsschlaf nützte nichts, sobald ich aufwachte, stieg das Grauen wieder hoch. Die Schwestern redeten im Flüsterton, hoben mein Kinn hoch, flößten mir Zuckertrunk ein, und sobald ich richtig wach war, kam anderes stärkendes Zeug hinterher. Aber ich wurde nicht stärker, und in mir haust derselbe Schmerz wie bei der Einlieferung. An die kann ich mich kaum erinnern, ich weiß nur, dass dieser Brief in meiner Hand plötzlich zitterte und Johannes etwas zu mir sagte, wie von weither, aber seine Worte verstand ich nicht mehr, es gab nur die hallende Leere und das entsetzliche Wissen, dass alles zu Ende ist. Dann wurde ich abgeholt.

Die Natur ist, als wäre nichts passiert, die Tierjungen kommen bereits allein durch, die Beeren sind reif, der Himmel sieht aus wie immer. Für mich ein böses Hohngelächter. Wie kann es sein, dass das Moos einfach weiterwächst, wieso reagiert es nicht, wenn Menschen sich abschlachten, leiden, sterben und verschwinden, wieso bleibt es stets gleich, ein feuchter grüner Teppich? Wäre der Mensch doch ein Eichhörnchen. Ein Haselhuhn, ein Rentier, ein Vielfraß oder Hase, egal was. Sein Geist würde nichts verstehen, und wenn Schlimmes geschieht, würde er nur die Lage bemerken, aha, so ist es jetzt, und weitermachen mit der Nahrungssuche, der Flucht vor Feinden. Vielleicht kann ich später darüber lachen, falls ich wieder lachen sollte: dass ich Waldtiere, kleine Kinder, Bäume und sogar Steine beneide. Weil sie den Schmerz nicht kennen, der mich zerreißt.

Vor mir wachsen Gräser. Der eine Halm ist schon vergilbt, bald ist er hart und trocken, wird brüchig, vermodert und wird vom Schnee begraben. Nächstes Frühjahr schickt die Wurzel einen neuen Halm nach oben und denkt nicht mehr an den alten, traurig zu sein käme ihr nicht in den Sinn. Nichts ändert sich in der Natur, obwohl doch alles anders ist: die Fichte, ihre dichten Zweige, der blaue Himmel dahinter, das Rauschen der Bäume und weiter weg das Gluckern des Wassers, oben schreit ein Vogel, ein Eichhörnchen hüpft von Ast zu Ast, ein Elch schnaubt, aber in mir ist nichts wie zuvor.

Besser ist es dann doch, an die Zeit zu denken, als noch alle Wärme von dir ausging, an deine weichen Haare und die tief fliegenden Schwalben vor dem Regen. Ich saß da und du saßt da, und es gab niemanden sonst auf der Welt. Wir mussten nichts bedenken und niemanden sehen, uns um niemanden scheren. Du warst barfuß, deine Beine nackt und schön, die Treppe unter ihnen glänzte auf einmal wie Seide, du schautest zum See, standst auf, setztest dich wieder hin, hast geseufzt, war da vielleicht ein Hauch Überdruss zu hören?, und gefragt, warum ich den Vorbau grau werden und verwittern ließ. Ich fand die richtigen Worte, erzählte dir Mutters Traum vom gelben Vorbau am roten Haus, einer Veranda, und von Vaters schiefem Lächeln, bei uns doch nicht, das passt doch nicht zu unserem kleinen Haus, doch kurz darauf stand ich schon auf dem Holzgerüst und reichte ihm die Bretter, und so wuchs die Veranda.

Mutter spazierte im Hof umher, konnte irgendwann nur

noch im Sitzen zuschauen, sah aber noch den fertigen Bau. Vaters Gesicht verdunkelte sich immer mehr, seine Wangen bekamen angestrengte Kerben, er streckte sich und hämmerte und wusste doch, wie es ausgehen würde. Die Farbe, die in der Viehküche bereitstand, blieb unbenutzt. Bis du kamst. Du brachtest es fertig.

Wie die Veranda jetzt wohl aussieht? Du schriebst, du hättest eine Hälfte gestrichen, aber welche, Lempi. Denkst du bei *Hälfte* an vorn und hinten, oder an rechts und links? Ich weiß es nicht. In jenem Sommer saßen wir abends auf dieser Veranda, seit den ersten warmen Tagen, ich streichelte Miisu, und wir warteten, dass der Kaffee sich setzt, in der Kanne auf dem Herdrand, wahrscheinlich waren es schon die letzten Bohnen. Drinnen war alles an seinem Platz, im Stall wirtschaftete die Magd, von irgendwo kam ein Lied, auf der Uferwiese bellte der Hund, die Katze schnurrte, leichte Atemzüge in der Abendsonne, du hast gesummt und dann wieder aufgehört – all das verbinde ich mit dir.

Ich wollte mich immer wieder versichern, dass alles gut war. Ich beobachtete dich und suchte nach Spuren von Enttäuschung, zerstreuten Gedanken, aber du hast das immer von dir gewiesen. Jedes Mal sagtest du, das Ufer von Pursuoja sei genau dein Platz, dafür seist du wie geschaffen. Ich hätte nicht so stochern sollen, aber deine Schwester schickte Briefe aus dem Ort, schrieb von Kino- und Cafébesuchen, und da dachte ich, wie gut du doch dorthin passen würdest. Nein, Sisko ist anders als ich, sagtest du und schautest hinaus zum See, sie lernt schneller fremde Sprachen und wird bald ins Ausland gehen. Das war nun wirklich eine andere Welt! Ich konnte mir kaum vorstellen, dass man andere Wörter benutzte und anderes Essen aß und dabei trotzdem ein echtes Leben lebte, irgendwo weit weg. Deine Antwort darauf war ein Kuss, und ich glaubte dir, schließlich wusste ich, was wir hatten und konnten. Trotzdem bliebst du auf diesen Höfen der Paradiesvogel, und das Stallkopftuch stand dir schlechter als deine weiße Abiturientenmütze.

Einmal blickte ich vom Hof aus ins Haus. Noch schien alles wie immer, wir lebten wie Waldtiere und sprachen nicht von dem Brief, der früher oder später kommen musste, denn irgendwer hatte sicher bemerkt, dass auch in Pursuoja ein junger Mann wohnte, endlich einsatzfähig. Wir genossen die Zeit und scherten uns nicht um die Zukunft, und an jenem Tag schien die hellste Herbstsonne. Ich sah dich drinnen vor dem Spiegel stehen, das Licht fiel schräg ins Zimmer, du hast deinen Hut aufgesetzt und dich betrachtet. Die Wange zur rechten Schulter geneigt, hast den Hut schräger gerückt, die Lippen gespitzt und so neckisch dreingeblickt, wie ich es nie erlebt hatte, und kurz dachte ich, du tätest es für einen anderen. Aber für wen, da war ja niemand. Du stelltest dich seitwärts und schautest über die Schulter, und alles, was da vor dem Spiegel geschah, zeigte mir, wie persönlich deine Anprobe war und dass es nicht recht von mir war, dir dabei zuzusehen.

Habe ich an diesem Tag die Sehnsucht nach deiner Heimat gesehen, nach einem Leben im Ort? Vielleicht sogar in Helsinki, weit weg, an der Universität? Manche leben so, spazieren mit Hut auf dem Kopf über Pflastersteine, legen ihre feinen Handschuhe auf dem Cafétisch ab, kennen Namen von Vögeln, die man nicht isst, und tun eine Arbeit, die keine Kraft verlangt, bei der die Hände sauber bleiben. Ich habe solche Leute gesehen, in der Stadt, auf meinem Weg hierher, sie reden sogar anders als wir, gedehnt und bedacht, und bei den Frauen bleibt Lippenstift an der Tasse kleben.

Ich saß ja selbst schon in so einem Café, an der Tür bimmelte immer eine Glocke, und bis der Zug abfuhr, blieb mir noch Zeit. Meine Kleidung war sauber und steif, in der Brusttasche steckte das Attest vom Arzt, vor mir lag die Heimreise. Jemand hatte eine Zeitung auf dem Tisch liegen lassen, auf einem Foto sah man eine Frau in Rovaniemi Gerstenfladen backen, in einem Ofen unter freiem Himmel, das Haus drumherum gab es nicht mehr. Gleich auf der Reise habe ich festgestellt, dass dies in der ganzen Gegend so ist, in jedem Dorf. Der Frau auf dem Foto genügte es, dass sie einen Ofen hatte, Feuerstelle und Abzugsrohr, Brotschaufel und Mehl, mit offenen Haaren stand sie da, ohne Kopftuch. Die vertraute Morgenluft, das frische Brot, ein Zuhause, eine Mutter. Du, Lempi. Ich vermute, nein, ich weiß, dass du es genauso gemacht hättest, einfach angepackt, mit dem, was eben da war, keine Zeit mit unnützem Jammern vertan hättest. So bist du, stets bereit zuzupacken, zu handeln. Eine andere hätte nicht nach Pursuoja kommen können, das ist mir ganz klar. Für mich bist du die Frau auf dem Foto, du öffnest die heiße Ofentür, achtest auf deine Finger, siehst nach dem Brot, bückst dich und hebst es an, begutachtest es von unten,

suchst einen besseren Stand und verlagerst dein Gewicht,
deine Hüfte kippt ein Stück zur Seite, holst es aus dem Ofen,
dein Gesicht leuchtet, du siehst zu mir und lächelst, immer
lächelst du.

Da saß ich an dem kleinen Tisch auf dem wackeligen
Stuhl, der nicht stabil genug war für einen großen Mann wie
mich. Meine Finger zitterten, als ich die Zeitung beiseite tat
und die Hände auf die Tischplatte sinken ließ. Auf dem Tisch
lag eine Decke mit einem gestickten Motiv in der Mitte, einer
Windmühle, das Garn musste aus Seide sein. Wenn ich dir
nicht begegnet wäre, hätte ich den Kaffeeersatz auf den kleinen Teller gekippt, in die Untertasse, wie du sagtest, und auf-
geschlürft. Hätte mir dazu ein Stück Zucker in den Mund gesteckt. Und erst dann gemerkt, dass sich das nicht gehört, die
feinen Damen wären irritiert gewesen. Durch dich wusste
ich, wie man ohne Klirren mit dem Löffel in der Tasse rührt,
und so saß ich da, die langen Beine nur halb unterm Tisch,
den Kopf zur Tür gerichtet, eigentlich schon auf der Reise.

Aber da waren die anderen Cafébesucher um mich herum,
und hinter meinem Gesicht zog und zerrte es, der Schmerz
braute sich zusammen, und es kostete Kraft, sitzen zu bleiben und auszusehen wie alle, mich zu verhalten wie ein nor-
maler Mensch, ein Soldat auf dem Weg nach Hause. Die
Tasse war noch nicht leer, als ich aufstand, die Stuhlbeine
schrammten laut über den Boden. Ich schulterte den Rucksack, den ich auch jetzt bei mir habe – allerdings roch die Luft
in der Stadt ganz anders, nach Meer –, und machte mich auf
den Weg, ging die gepflasterten Straßen zum Bahnhof, von

wo der Zug abfuhr, wusste, in welchen ich zu steigen hatte, und trat ein in eine neue, andere Zeit.

Auf wie viele Tage lässt sich eine Wanderung von zwanzig Kilometern ausdehnen? Wie soll ich an diesen Ort zurückkehren? Die Höfe am See Korvasjärvi, das blaue Wasser, die abgenutzten Bretter auf meinem Steg, der Pfad zum Ufer, der rostige Griff an der Stalltür, im Haus die quietschende Stubentür, deren Scharniere Öl bräuchten – da soll noch mein Platz sein? Dort steht der Esstisch, den Vater gezimmert hat und an dem wir zusammensaßen, eine viel zu kurze Spanne vom späten Frühjahr bis in den Winter. Die Stühle und der Küchenherd, an dem du gewirtschaftet hast, mit dem Schürzenknoten im Rücken und Perlmuttschimmer auf dem Haar, und wenn du dich zu mir umgedreht hast, war dein Blick warm und voller Glück, so jedenfalls sah ich das. Da steht die Holzkiste, die ich immer rechtzeitig aufgefüllt habe, zuoberst Anmachspäne, darunter Rinde und dünne Äste, damit du oder die Magd es morgens beim Feuermachen leicht hattet. Die Magd Elli war dir eine Freude, ihr wart gleich alt und hattet eure Frauenthemen, schon das ein Grund, sie im Haus zu behalten.

Es ist so falsch, dass ich durch alles heil durchgekommen bin, nachdem ich gesehen habe, was Menschen sich antun können. Auf ein Pferd habe ich geschossen und auf noch vieles mehr, doch zum Glück war ich mit Johannes und den Jungs von Siurunmaa zusammen, so gab es wenigstens vertraute Gesichter mitten in dem Chaos, dem Warten, dem

Kommando, dem Schrecken. Ich bin heil durchgekommen, und als alles andere kam, wie es kam, wusste ich, ich wäre sogar mit einem zerstörten Zuhause glücklich, solange ich nur mit dir leben kann; ich würde uns eine Höhle aus Zweigen an einem Fichtenstamm bauen und sie mit Moos abdichten, die Wärme unserer Umarmung würde uns durch den Winter bringen.

Lächerlich, ich weiß. Meine Haut ist unversehrt, mein Herz schlägt kräftig, meine Lungen atmen unermüdlich ein und wieder aus, an meinem Körper ist keine einzige Wunde oder Prellung, aber ich muss nur an deine warme Hand auf meinem Bauch denken, die friedlichen Atemzüge im Schlaf und die Haarsträhnen auf dem Kissen, und alles in mir reißt entzwei. Ich bin leer, überflüssig, ohne Aufgabe. Ich mag zwar ein Haus haben, aber ein Zuhause, in das ich gehen kann, habe ich nicht mehr. Irgendwo flattert ein großer Vogel auf, ich sehe nicht mal hin.

Der Sumpf riecht nach Moos, Torf und Sumpfrosmarin, nach etwas Herbem und auch schmerzlich Süßem. Mir fällt ein, wie ihr Frauen einmal die Wäsche geklopft habt und ich zum Sumpf auf die Grabhalbinsel ging und an der offenen Stelle am Rand bei den Tannen Moltebeeren pflückte. Eigentlich hatte ich nur nachsehen wollen, ob sie schon reif wurden, aber sie waren bereits riesig wie Markstücke, hellrot, glasig und herbsüß, wie die ersten Beeren immer schmecken. Der Saft lief mir über die Finger, da konnte ich noch so vorsichtig pflücken.

Ich formte mit der linken Hand einen Becher und dachte an dich und an die Kinder, die wir bekommen würden, hübsche und starke Kinder. Gut würden wir es haben, in Frieden leben. Unsere Familie in dem Bauernhaus am See … So hätte es gehen sollen. Dann sackte mein Stiefel in eine moosige Stelle, und ich schwankte, hielt mich an einer Zwergbirke fest und musste an Johannes Heikkilä denken, der gerade erst die Ausbildung durchlaufen hatte und schon antreten musste. Der Nächste in der Reihe wäre ich. Schnell schob ich den Gedanken fort und trat auf einen kleinen Hügel, eine trockene Stelle. Nicht eine einzige Beere ging mir verloren.

Als ich zu Hause ankam, klebten meine Hände, die oberen Beeren hatten die unteren zerdrückt. Am Ufer herrschte jetzt Stille, die Sauna war leer, die Bretter drinnen waren warm und trocken. Der See lag ruhig, die Oberfläche glänzte spiegelglatt. Die Bettlaken hingen regungslos von der Leine. Im Stall ruhte die Kuh auf dem Boden und kaute, hob den Kopf, als ich reinkam. Die Katze schlich zur Scheune, der Hund bewegte die Ohren, als er mich sah.

Mitten auf dem Hof blieb ich stehen. Was, wenn ich zur Ausbildung fortmüsste und du allein hierbliebest, wenn du obendrein sogar schwanger wärst. Wie wäre das für dich? Nicht zuletzt wegen der Sache mit deiner Mutter machte ich mir Sorgen. Der süße Beerensaft tropfte auf den flachen Stein, bald war er von nassen Punkten gesprenkelt. Ich hatte miterlebt, wie die Kuh vom alten Heikkilä die Augen verdrehte und laut brüllte, weil ihr Kalb verkehrt herum lag, am Ende musste es tot herausgezogen werden, in einzelnen

Stücken. Die Kuh hat es überlebt, wurde aber nie wieder trächtig.

Unter der Last dieser Gedanken stand ich wohl ziemlich lange da. Der Hund gab keinen Mucks von sich. Irgendwann öffnete die bleiche Magd mir die Tür – eigentlich ist sie nutzlos, wir schaffen doch alles zu zweit, schoss es mir durch den Kopf –, musterte mich und sagte: Du warst lange weg. Als ich mit der wichtigsten Frage antwortete, Wo ist Lempi?, sah ich ein Flackern in ihren Augen, sie wandte sich ab und zischte über die Schulter zurück: Wo wohl, liegt auf dem Bett und ruht sich aus, wie immer. Ich dachte nicht weiter drüber nach, die Magd hatte die Tür aufgelassen, und ich ging rein, durch die Stube in die Schlafkammer, wo du die Augen aufmachtest. In deinem Blick lag eine kleine Gereiztheit, eine flüchtige, oder täuschte ich mich? Dann lächeltest du, breitetest die Arme aus und riefst mich zu dir. Ich fütterte dich mit den Beeren, legte dir jede einzeln auf die Zunge, der klebrige Saft beschmierte zwar die Bettwäsche, doch wen störte das, die Beeren schmeckten herb und süß, und wir hatten diesen Moment, diesen Augustnachmittag, und von der Kommode aus verfolgten die stummen Gesichter in den Bilderrahmen, was im Zimmer geschah. Auch deine Schwester, blasser als du, wie ein verblichenes, leicht verzerrtes Spiegelbild. Wie du, aber falsch.

Auf dem Weg hierher, als die Zugreise und Rovaniemi hinter mir lagen, habe ich im Ort haltgemacht. In der Wirtschaft hat die Frau Brot und ein Stück Butter in Papier eingeschlagen und mir gegeben. Ich hab es angenommen und hier im Schatten vergraben, unter dem kühlen Moos. Das Magenknurren verspottet mich, erinnert mich daran, dass ich lebe, ich kann nichts dagegen machen. Ich wollte der Frau Geld geben, aber sie sah mich nur durchdringend an, wahrscheinlich hat sie mich erkannt. Eigentlich sollte das nicht möglich sein, nichts an mir ist wie vorher. Im Lazarett hingen zwar keine Spiegel, aber mein Gefühl sagt es mir genau. Ich bin ein anderer.

So seltsam das ist, Herz und Lunge lassen sich überhaupt nicht beeinflussen. Anscheinend wissen sie besser, dass sie weiterarbeiten und mich am Leben halten müssen, dabei habe ich hier keine Aufgabe mehr. Wäre doch alles anders gelaufen. Hätte ich dir doch all das Gute geben können, das du verdient hast und das zu dir gehört.

Wie die Dinge einfach passieren. Und das Leben weitergeht. Am Anfang gibt es Mutter und Vater, du findest zwischen ihnen deinen Platz, bist von ihren Blicken und ihrem Schutz umgeben, und das ist gut, es ging mir gut. Aber dann verlässt dich einer nach dem anderen, erst Mutter, dann Vater. Schon mit Mutter war das Vertraute weg, und wie sehr Vater es auch versuchte, er konnte sie nicht ersetzen. Dann ging auch er, und ich blieb allein zurück, alles lag jetzt bei mir, und auch so hätte es ein rundes Leben werden können, etwas anderes kannte ich ja nicht. Ich konnte Kühe versorgen und Beeren pflücken und wusste, wann die Kartoffeln auf den Acker müssen und wann die Fische beißen. Die platten Hofsteine hatte Vater an ihre Stellen gewuchtet, für den

Weg zum Ufer, unter den Eckbalken des Hauses steckte sein Zauberwerkzeug, und auch die Sauna stand heimelig an ihrem Platz. Ich konnte Brei kochen und Kartoffeln, und der alte Heikkilä half mir anfangs bei den Geldangelegenheiten. Ich kam gut allein zurecht, gewiss, aber es war doch arg ruhig. Johannes schaute ab und zu vorbei, das wurde manchmal albern, Jungsgeschichten, bis uns wieder einfiel, dass auch wir schon Männer waren.

Die Zeit davor: stille Abende. Vater flickte Netze, blätterte in der Zeitung, die Nachrichten klangen offiziell. Abwechselnd gingen wir zum Schrank und schmierten uns ein Butterbrot, die Milchtassen spülten wir selten. Die Wanduhr tickte. Vater war wie ein Teppich, den man beim Ausklopfen auf dem Treppenabsatz vergessen hat, oder ein scharfes Messer auf dem Tisch oder Wäsche im Einweichbottich, immer ein wenig verwirrt und am falschen Ort. So verbunden kann man mit einem anderen Menschen sein, so verloren ohne ihn. Ich beobachtete ihn genau, doch verstand noch nichts. Heute verstehe ich.

Wenn Vater und Mutter es ebenso gut hatten wie wir, und soweit ich mich erinnere, war das so, und für sie war die gemeinsame Zeit um vieles länger – wie soll man da allein zurechtkommen? Das war nicht möglich. Und das ist auch jetzt nicht möglich, auch für mich nicht. Trauer macht den Menschen krank, nach dem Vater den Sohn, und auf die Frage, ab wann es für einen Menschen zu viel wird, gibt es keine Antwort. Es ist so unverhältnismäßig, so falsch und entsetzlich. Dort, der schmale Steinweg, von der Treppe am Stall vorbei zur Sauna. Ob dir die Steine auch nur halb so vertraut waren, wie sie es mir sind? Wusstest du, dass man sich vor der scharfen Kante am dritten Stein in Acht nehmen muss? Warum war alles zu Ende, ehe es überhaupt anfing? Wie kann ich dorthin zurückgehen, was soll da noch sein? Nichts.

Ein Mann braucht eine Frau, ja, doch dass es *so* mit dir war, Lempi, hätte ich nie gedacht. Ich erinnere mich, wie Vater Mutter die Haare kämmte und sie ihm in dem matten, gesprungenen Spiegel in die Augen sah. Obwohl ich noch klein war, verstand ich, dass da etwas Erwachsenes geschah. Und außerdem, Mutter und Vater redeten miteinander stets so, dass ich wusste, alles ist gut, genau wie es sein soll.

Noch so eine Erinnerung: Ich saß am Tisch, die Füße reichten noch nicht bis zum Boden, Mutter legte den Lab-käse auf der Holzplatte zurecht, Vater stellte sich vor den Ofen und hielt sie am Griff hinein, schräg. Die Hitze des Feuers schien von seinem Gesicht wider, auf dem Lab zeigten sich die Bräunungsflecken, und irgendwo über mir wurde gesummt, erst eine Stimme, dann zwei. Das zähe Süß in meinem Mund, ich wollte immer mehr, alles war gut.

Die nächste Erinnerung kommt zu schnell, ich muss mich hochstemmen und hinhocken, dabei abstützen am Torf, damit es mich nicht in Stücke reißt. Mir steigt die Galle hoch, meine Gesichtsmuskeln sind wie Stein.

Es ist nur noch ein kurzes Stück bis Pursuoja, bis zum See Korvasjärvi, wohin ich gehöre. Wirklich? Es schmerzt, daran zu denken, wie du dich dort eingelebt hast, in dem Haus, das nach Mutters Tod zwei stille Männer bewohnt hatten, wie du Melken lerntest, die Magd dir Ratschläge gab und du alles in die Hand nahmst – eine geborene Bäuerin. Wie du auf der Treppe standst, die Hände hinterm Rücken, das Heu war gemacht, und wir hatten eine Sorge weniger; wenn du so da standst, war die Welt frisch und neu und der Himmel wie blankpoliert, deine Mundwinkel hoben sich und deine Arme auch, und einen satteren Moment konnte es nicht geben, alles war da. Die Schrecken der sonstigen Welt berührten uns nicht, wir wussten nicht, dass gleichzeitig Grausames passierte, sogar gleich nebenan in Lokka. Wir wussten nicht, dass im selben Augenblick, nur wenige Kilometer weiter, Schüsse fielen, wir hörten sie nicht.

Einmal hast du meine Augen mit dem See am frühen Morgen verglichen, unserem See, dessen Wasser Anfang Juni frisch und klar ist, gerade erst unterm Eis hervorgebrochen. Im Spiegel versuchte ich zu erkennen, was du darin gesehen hast, aber der Anblick war der alte. Blonde Haare, die dem Kamm nicht gehorchen und zu jedem gehören könnten. Keine Spur von See in den Augen, blassblau wie bei Vater, im Spiegel ein ganz gewöhnlicher Mann, ein beliebiger. Du hast aus mir jemand Besonderen gemacht, doch was du in mir gesehen hast, weiß ich nicht. Ob das etwas war, dem du nicht entrinnen konntest, so wie das, wovon diese Lieder erzählen, Innigkeit? Aber die klingen zu seicht. Das, was wir hatten, war schwer und ernst.

Lempi, liebe, du hast mich gesehen wie niemand sonst, und was habe ich getan? Ich habe dich hierher gebracht und allein gelassen. So falsch, ein furchtbarer Fehler. Ich hätte es besser wissen müssen und können, in dir die Sehnsucht nach einem anderen Ort erkennen müssen, deine sauberen Schuhe auf sichere Straßen bringen, an einen Ort, der dich nicht so auslaugt mit seiner Arbeit und an dem du keine Angst zu haben brauchst, an dem du mit deiner Schwester Arm in Arm herumspazieren und lachend um die Ecken biegen kannst, beinahe sehe ich es vor mir, euch beide, die ich getrennt habe. Ich hätte dich beschützen müssen, verstecken, in Sicherheit bringen, die Welt um uns herum abpuffern, aber wo und wie, das ist ja unmöglich.

Das, was wir hatten, war vollkommen und vollständig genau hier, wo Verrückte herrschen und die Zerstörung von einem Land ins nächste zieht, wo das Böse durch den Rausch der Truppen Zunder kriegt und das Gute auslöscht. Wohin soll man vor sowas flüchten? Einen sicheren Ort gibt es nicht. Deshalb ist es kaum vorstellbar, dass das Leben an einem anderen Ort auf eine andere Weise ebenso vollständig wäre.

Ich weiß nicht, wo es mir gutgehen könnte. Ein gesunder Mann, hieß es zum Schluss im Lazarett, gehen Sie nach Haus! Sie haben meine Krankenakte gelesen, einen letzten Eintrag geschrieben, der Oberarzt reichte mir die Hand, seine Augen waren fast schwarz: Sie werden dort gebraucht, gehen Sie, wir können Ihnen nicht helfen, die Trauer geht vorbei. Er drückte fest zu, meine Hand war schlaff, von seiner fast zerquetscht. Ich wusch mir die Haare unter der Dusche, hob die Arme zum Kopf, sie gehorchten sogar und hatten noch Kraft, die ich weiter fürs Vaterland einsetzen sollte. Hätten sie mich doch liegen gelassen, wo ich war, dann wäre ich weg. Wenn die Trauer vorbeigeht, heißt das doch, dass man ihren Grund vergisst, und das wäre grundfalsch.

Ich habe versprochen, für immer der Deine zu sein, so wie du die Meine, da kann ich dich doch nicht vergessen, keinen einzigen Teil von dir. Selbst wenn ich jetzt vom Wald oder vom See her deine Stimme nicht mehr höre, so sehr ich es auch versuche. Aber ich erinnere mich. Deine Stimme war hell und auch ein wenig rau, manchmal schwang ein Lachen in ihr mit, und singen konntest du nicht besonders, beim Dorffest wurde es allen klar. Ich musste lachen, und als du das gemerkt hast, sangst du noch lauter, brüchig und schief. Spätestens da haben wohl alle gedacht, wir wären wie Kinder und spielen zu Hause Bauernhof, so musste es nach außen aussehen, dabei meinte ich es dermaßen ernst. Trotzdem, ich spielte den Mann und du die Frau, wir waren ganz von uns erfüllt, während der Sommerwochen braungebrannt, und unsere hungrigen Körper suchten einander immer wieder.

Unter anderen Menschen zu sein war eigenartig. Die verrückte Freude, die nur uns gehörte, drang ja nach außen, wenn wir nebeneinander in die Dorfschule gingen, um mit den anderen gemeinsam Radio zu hören. Unsere Schritte fanden denselben Rhythmus, deine Hand streifte meine, und die ganze Zeit fühlte ich dich, meine Frau. Aber zugleich auch die Blicke der anderen: Sieh an, der Sohn von Pursuoja und so ein Mädchen, wer hätte das gedacht. Dann saßen wir wieder daheim am Esstisch, nahmen Fische aus, saßen uns wie Erwachsene gegenüber. Doch immer war da dieses Wissen, die frische Erinnerung an unsere Zweisamkeit. Ein Spiel, ein herrliches Spiel.

Der widerwärtige Oberarzt hatte ja keine Ahnung, von nichts. Es gibt keinen Schuldigen, versuchte er mich zu beruhigen, als ich auf dem Gegenteil beharrte. Natürlich ist es meine Schuld, alles, was geschah. Auch, dass wir nicht darauf vorbereitet waren, die Vorzeichen nicht sehen und nicht an die nächste Einberufung denken wollten. Wem soll man sonst die Schuld geben außer mir? Andererseits hätte es für mich keine andere Möglichkeit gegeben, soweit ich dieses Machtspiel verstehe, den Krieg, es lief, wie es lief. Trotzdem hätte ich den Aufbruch irgendwie umgehen und bleiben, mir irgendwas ausdenken müssen, das Bein brechen oder mit der Axt den Finger abhauen, das wäre in einem Nu getan gewesen.

Wieso haben wir über sowas nicht nachgedacht, über andere Möglichkeiten? Das hätten wir gemusst. Nicht wir, ich hätte es gemusst. Ich hatte versprochen, auf dich aufzupassen, dir und deinem Vater und deiner Schwester und Gott, und ich hab's nicht getan. Ich hätte ein Mann sein und Verantwortung zeigen müssen, und dann stand ich nur da, mit meinem Rucksack, und ließ mir von dir Brot in ein Tuch wickeln und Wollsocken holen, wie viele brauchst du? Wie viele passen rein? Kann ich dir welche nachschicken, später? Sicher. Gleich in dem Moment, als ich Angst hatte, dich anzuschauen, und dann alles stehenblieb wegen deiner verdunkelten Augen, da hätte ich es gemusst. Als es mir wehtat an einer Stelle, für die es keinen Namen gibt. Die heute noch viel heftiger wehtut.

Wer von Ihnen ist schon noch derselbe wie vorher, keiner, wie denn auch – das haben sie mir dauernd vorgebetet, wollten mich auf dieselbe Spur bringen wie die Magd mit ihren Briefen, auf die Zukunftsspur, nach dem Motto, es ist doch alles geschafft, nun können Sie zurückkehren, wer aus Ihrem Dorf kommt denn alles zurück, wissen Sie das?, und natürlich weiß ich das, jedenfalls bei Juho Teeriniemi, Aapo Karkkola und selbstverständlich Johannes, aber ich bin nicht sie. Ich soll das Land wieder aufbauen, dessen Ostrand wir geschändet und mit Blut und Hass überzogen haben, Gott segnet den Schlaf der Fleißigen … zur Hölle damit. Sollen die anderen es wieder aufbauen, die mit Kraft. Die noch am Leben sind und neben ihrer Frau einschlafen dürfen.

Besser wär's gewesen, sie hätten auch mein Grundstück niedergebrannt, das ganze Dorf zerstört und alle Leute ausgelöscht. Dann könnte ich hierbleiben, die Augen zumachen und den Bäumen und dem Wasser lauschen, die Reise beenden und nur noch daliegen. Meine Hände sind riesig und haben Menschen umgebracht. Ich höre den Wind und spür schon wieder Hunger, denke an das Brot und rieche die Butter und muss verdammt nochmal wieder aufstehen und mich am Leben halten.

Denken Sie an Ihr Kind, Pursuoja, Sie haben einen Sohn. Das ist richtig, ich habe einen. In dir gewachsen, doch ich kenne ihn nicht und will ihn nicht sehen, nein. Am Ende erkenne ich in seinen Augen dich, höre in seinen kleinen Schritten deinen Rhythmus, und allein die Vorstellung ist unerträglich. Wie soll ich ihm, Aarre, ein Vater sein, als Mann mit leeren Händen, überflüssig, zum Sterben bereit? Wie soll ich das können? Was es dazu braucht, habe ich nicht.

Du hättest dir schon eher ein Kind gewünscht. Dein Brief über Antero klang triumphierend: Als seine Mutter starb, hast du den Jungen sofort zu uns geholt, einen anderen Platz sahst du für ihn nicht, und die Gemeinde zahlte Unterstützung. Im nächsten Brief schriebst du, dass Antero gut gedieh, krabbeln lernte und bald ein kleines Geschwisterchen bekäme, und wie schön das für das Kleine sei, mit dem großen Bruder als Spielkameraden. Erst verstand ich es gar nicht, aber dann.

Ich hätte unbedingt bei dir sein dürfen. Müssen. Passiert war es kurz vor meiner Abreise, gemerkt hat man noch nichts. Kein einziges Mal habe ich dich mit einem Kind auf dem Schoß gesehen. Jetzt gibt es in Pursuoja gleich zwei.

Ich musste erleben, wie grausam die Leute sein können, was für unverzeihliches Zeug sie reden. Zum Beispiel diese Krankenschwester, die ich im ersten Moment für dich hielt, ich war noch benommen von den Medikamenten. Etwas in ihrem Nacken war ähnlich, aber dann doch nicht. Beim Wech-

seln der Bettwäsche redete sie einfach so dahin, nach einem
Blick in meine Akte, ohne Ahnung von irgendwas: Sie finden
bald eine Neue. Eine neue was? Eine neue Lempi? Wollte
etwa sie an deine Stelle treten, bildete sie sich sowas ein?
Eine wie dich gibt es nicht zweimal, Lempi.

Eine tiefe Kränkung war das, solche Dinge zu sagen wie
diese Schwester dort: Jetzt haben Männer Konjunktur, Sie
finden fix eine neue Frau, die Dörfer sind voll mit Witwen.
Fast hätte ich sie geschlagen. Die Zähne habe ich zusammen-
gepresst, bis es mir im Schädel wehtat. Was für eine Beleidi-
gung. Als wärst du irgendeine, einfach ersetzbar.

Wer so redet, kennt dich nicht und wird mich nie verstehen. Wie es ist, wenn im stillen Haus plötzlich das Knarren
neuer, froher Schritte zu hören ist. Wenn auf der Kommode
Dinge stehen aus einer anderen Welt. Haarspangen, Puder-
dosen, Handschuhe aus feinem Leder, so weich, wie ich es
mir nie hätte vorstellen können. Wenn der Vorhang am
Fenster sich aufgeregt bauscht und ich erwartet werde, so
sehnsüchtig, dass ich schon draußen auf der Treppe einen
Kuss bekomme.

Ich liege hier draußen wie vorher auf dem Krankenbett.
Dort blickte ich hoch zur Deckenmaserung, nachgedunkelte
Kiefer, sah in den dunklen Astlöchern Blut und Schmerz
und Leid, und kein Arzt konnte mir helfen. Die Behandlung,
was nützte die schon, Zwangsschlaf durch Pillen, Schweben
in Betäubtheit, und beim Aufwecken dünne Brühe und Zu-
ckerwasser. Keiner wusste zu sagen, wie ich leben, wie ich

weitermachen soll, danach gefragt habe ich allerdings auch nicht. Wo steckt der Sinn von all dem, wieso ist das passiert, wem nützt es? Nirgends. Wegen nichts. Niemandem.

Schließlich kam diese Schwester, nicht die mit dem hübschen Nacken, eine andere, sah mir direkt in die Augen und stellte genau die richtige Frage: Was ist für Sie das Allerschlimmste? Darauf konnte ich antworten, bin dabei jedoch selbst zusammengezuckt und habe plötzlich gesehen, dass auch dieser Mensch ein Leben und eine Stimme hat, ganz vollständig, irgendwo da draußen – sowas sieht man normalerweise nicht, denkt nicht dran. Das rüttelte mich auf, vielleicht fügte ich noch irgendwas dazu, und als mir – nicht gleich, ein paar Tage später – ein Reisegutschein, Brot, mein Soldatenausweis und mein Rucksack in die Hand gedrückt wurden, blieb mir nichts anderes übrig, als aufzubrechen. Schon an der Tür hätte der Schmerz mich fast weggeschwemmt, und doch trugen mich meine Beine zum Bahnhof, nach Pursuoja und bis hierher, zu dieser Fichte, und nun kann ich nicht mehr weiter.

Mit jedem meiner Atemzüge wirst du ein wenig mehr Geschichte, entweichst in die Vergangenheit und entfernst dich von mir, und das ist falsch, nach all dem. Wir hatten dieses Glück, und weil wir die Zukunft nicht kannten, nahmen wir an, es würde dauern. Es würde trotz der Gefahren weitergehen. Wenn der Angriff erst abgewehrt ist. Wenn die Straße, das Dorf eingenommen sind. Wenn der Feind geschlagen wäre, der Krieg gewonnen, die Lager abgebrochen und Frieden geschlossen, dann. Wenn ich trockene Kleider und Essen bekomme und alles vorbei ist, dann sind wir wieder dran. Dann wir.

Auf welch grundsätzliche, kranke Weise der Mensch sich irren kann. Und wie unnütz der Kampf, das Vaterland, das Töten doch sind.

Jetzt bin ich hier, es ist Nacht, aber echte Dunkelheit und nächtlichen Frieden gibt es für mich nicht. Stattdessen endlose, unerträglich laute Stille, eine andauernde Explosion, die mich zerfetzt, wie es die Männer im Krieg zerfetzt hat. Äußerlich bin ich unversehrt und damit ein trauriger Witz, wahrscheinlich treibt Gott von da oben mit mir seinen Spaß. Eine Stubenfliege bin ich, deren Beine man jederzeit ausreißen kann. Eine Stechfliege, nach der man schlägt. Ein Quappaal am Haken, unterm ersten Eis, dem gleich ein Hieb versetzt wird.

Ein Sommer. Einen solchen Sommer und noch ein halbes Jahr, das hatten wir, und das soll jetzt für ein ganzes Leben reichen? Andererseits denke ich lieber an diesen Sommer als an etwas anderes, er ist alles, was ich habe. An was ich da genau denke?

An die Vorhänge, die du sorgfältig gewaschen und zum Trocknen aufgehängt hast, die alten von Mutter, mit den knöchernen Ringen. Wir haben sie gemeinsam wieder aufgehängt. Wir hatten das ganze Haus geputzt, die Holzbalken mit Kiefernseife geschrubbt, und als uns das Waschwasser die Arme entlang bis in die Achseln lief, hast du zum Spaß geschmollt: So ein elender Hausputz!, und da haben wir die

Magd die Sauna heizen lassen, und dein Nacken hat salzig geschmeckt, als ich ihn geküsst habe, auch an der Stelle kann man küssen, irgendwie wusste ich das.

Oder wie ich dir gezeigt habe, was meine Mutter zu tun pflegte: mit Zweigen, die noch ganz junge Blätter haben, die Zimmerecken ausschlagen. Dann wird's ein guter Sommer. Bei uns hat es geklappt.

Oder wie ich mitten in der Nacht von deinem Blick aufgewacht bin. Du saßt aufrecht im Bett und hast mich angesehen. Noch immer roch alles nach Kiefernseife. Du hast den Zeigefinger auf meine Lippen gelegt, bist aufgestanden, hast nach dem Saum deines Nachthemds gegriffen und es dir mit einer einzigen Bewegung über den Kopf gezogen, dein Körper leuchtete in der Mitternachtssonne. Ich bin dir hintergegangen, leise nach draußen in die milde Nacht. Die Luft war frisch und windstill, um uns die Weite des frühen Sommers, die Vögel schliefen, die Mücken waren noch nicht da. Auf dem Steg hast du mich noch einmal mahnend angesehen, leise!, und gewiss war ich leise, obwohl ich am liebsten laut in die Welt hinausgeschrien hätte. So geräuschlos kann man ins Wasser tauchen, die Oberfläche bleibt fast glatt, das Wasser macht einfach Platz, nimmt einen auf und schmiegt sich um die Haut, fast so wie ein Mensch. Wir schwammen in der nächtlichen Sonne, ohne Wellen zu hinterlassen, glitten vorsichtig dahin. Hätten wir an Gefahren denken sollen? An Partisanen hinterm Baum, Fallschirmjäger in Erdgruben? An lauernde Blicke, böse Anzeichen, den Brief, der nur auf seine Versendung wartete? Kugeln und Bakterien? An die

Fehler unserer Vorfahren, die Vererbbarkeit von Trauer? An nichts davon dachten wir. Wir stiegen wieder auf den Steg, gingen ans Ufer und wurden zu Himmel und Wasser, ineinander verschlungenen Zweigen, und der Wind bewegte uns in seinem Rhythmus.

Mir ist nicht entgangen, dass du bisweilen müde wurdest. Manchmal bist du am frühen Abend vor Erschöpfung gewankt. Die Socken für die Front hast du nicht fertiggestrickt, stattdessen saßt du am Fenster und blicktest zum Horizont. So ist das hier, versuchte ich zu erklären, im Sommer muss man tüchtig arbeiten, damit man im Winter was hat, das musste dir doch einleuchten. Ab und zu trat ein grauer Schatten unter deine Augen, du weintest über eine winzige Verletzung am Finger oder den Tod einer jungen Schwalbe, manchmal sahst du aus, als wärst du am Ende deiner Kraft. Du knalltest die Türen zu, riefst Dinge, für die du später um Verzeihung gebeten hast, und ich verzieh dir, natürlich verzieh ich dir, wozu sollte ich weiter an solche Vorfälle denken, ich muss es auch heute nicht.

Denn andererseits hatten wir doch all das, das kühle Seewasser auf der Haut, das von der nächtlichen Sommersonne erhellte Zimmer. Auch in den Seufzern war alles enthalten, und ich glaubte dir, wenn du sagtest, du hättest kein Heimweh, wolltest nicht zurück zu deiner Schwester und deinem Vater. Ich hätte es besser wissen müssen. Hätte ich zu ahnen gewagt, dass diese Nächte keine endlose Kette des Glücks waren, dann hätte ich – ja, was hätte ich? Ich war in dieser Zeit so erfüllt von Freude und innerem Frieden, dass ich unsere gemeinsamen Monate nicht anders oder besser hätte leben können.

Die Front war weit weg, bis zu uns hörte man sie nicht, und rückblickend erkenne ich, wie sehr wir uns vor der Wirklichkeit verschlossen. Die Zeit verging, die Männer wurden weniger, und mit jeder Einberufung zog sich die Schlinge um uns enger, um mich, mit dem Geburtstag am Jahresende.

Drei Nächte habe ich nun schon unter der Fichte gedämmert. Meine Stiefel habe ich mir sofort unter den Kopf gelegt, als ich hier ankam, die werden langsamer vermodern als die Zweige. Erst kommen Vögel, dann der Fuchs, und schließlich das kleine Getier, das man sonst nicht sieht, das keinen Namen hat und unter den Steinen lebt, ohne Augen und Gefühle. Ja, wenn ich hier nur lange genug liegen bleibe, werde ich zu Erde, und dieser Gedanke macht mich innerlich ruhig.

Seelische Wunden heilen durch körperliche Arbeit, meinte der Oberarzt, ich könne dankbar sein, dass ich am Leben sei, das müsse ich doch begreifen. Nein, das begreife ich nicht. Ich sehe die Wolken über mir entlangziehen, und normalerweise wäre das ein guter Tag zum Preiselbeerensammeln, aber die Welt von vor dem Krieg, in der man in die Beeren ging, die gibt es nicht mehr. Damals stellten meine Eltern Kannen und Spankörbe ins Ruderboot, setzten mir ein Kopftuch von Mutter auf, wickelten Brote in Papier, Vater legte ein scharfes Messer in seinen Rucksack und Trockenfleisch, von dem wir später feinste Scheiben schnitten, fast durchsichtig. Wir tranken aus dem Moorloch, die Eltern scherzten über frühere Ausflüge, als es mich noch nicht gab, und schmunzelten über irgendetwas. Die erste Handvoll Beeren wurde auf einen Stein gelegt, nach dem wir uns nicht mehr umdrehten, das salzige Fleisch schmeckte wie die Schweißtropfen in der Sauna. Abends waren die Beine müde, die Arme taten weh. Sicher waren es auch Wachstumsschmerzen, in dem Alter damals.

Wenn ich wählen könnte, hätte ich lieber eine Verletzung. Eine Verletzung, die mich schwächt. Alles lieber als dieses Gefühl, das mich das Ende herbeisehnen lässt.

Der Mensch kann auf viele Arten sterben. Uns umgibt nur eine dünne Haut, die uns nicht besser schützt als ein feiner Vorhang das Fenster vor dem Stein. Gliedmaßen werden abgetrennt, Blut quillt raus und manchmal der Darm, und wenn die Wunde sich am Hals befindet, ist es meistens schlimm. Sipa Siurunmaa erging es so. Zehen werden kalt, fallen ab, oft kommt die Kältestarre, Augen platzen in den Höhlen, aus dem Kopf strömt Blut, man kann eine ernste Krankheit kriegen, eine Blutvergiftung durch Einschuss, einen Tumor im Kopf. Ich habe so viele Verwundungen gesehen, habe so viele Tode auf dem Gewissen. Ich schoss, die Feinde fielen. Es kamen immer neue, mein Zeigefinger krümmte sich, wieder und wieder. Fast alle waren Männer, von wessen Kugel die eine Frau fiel, weiß ich nicht. Vielleicht von meiner, trotzdem träume ich öfter von jenem

Pferd und schrecke auf. Es muss nur eine Sumpfohreule über mich fliegen, schon bin ich wieder im Krieg.

Eine weitere Nacht. Ich weiß nicht, ob ich aufgewacht oder gar nicht erst eingeschlafen bin und ob das einen Unterschied macht. Was, wenn es schlecht ausgegangen wäre für mich und ich nicht hier wäre, wenn es anders gelaufen wäre und ich nicht hier stünde, am Rand des festen Bodens, mit klopfendem Herzen, an meinen klammen Fingern den Geruch von Sumpfrosmarin, in den Augen diesen Schmerz, sodass ich sie nicht schließen kann. Wenn ich tatsächlich dort geblieben wäre, wo so viele blieben? Du hättest dich schon zurechtgefunden. In dir war, ist dieser ungestüme und verrückte Eifer, er hätte dich aufrecht gehalten. Du hättest es geschafft, auch das, hast ja auch dein Heimweh bezwungen und das viele Neue, und gezeigt, wie man die härteste Arbeit mit einem Lächeln auf den Lippen erledigt, als wäre nichts leichter.

Du hättest einen Neuen finden können, selbst dieser Gedanke ist besser als die Qual. Aber erst nach mir, nicht vorher. Du bist von euch beiden die Vernünftige, hast du immer gesagt, deine Schwester Sisko sei aus einem anderen Stoff, auf Abenteuer aus.

In deinen Briefen vom Frühling und Sommer hast du oft von ihr geschrieben und wie sehr du sie vermisst. Du warst einsam in Pursuoja, trotz Antero und der Magd, das habe ich schon verstanden, auch wenn ich auf deine Stärke vertraute. Du schriebst, du lägest wach, weil das Kind sich bewegte, und das Abschlachten im nahegelegenen Lokka könnest du keine Sekunde vergessen. Du schriebst, dass du, ohne Licht anzumachen, dasitzen würdest, mit der Angst vor Partisanen im Nacken und offenen Vorhängen, damit du sehen konntest, ob sich draußen etwas bewegt. Morgens musstest du früh raus, noch im Dunkeln, den Nachttopf leeren, die Kühe melken, all das mit dem Kind auf dem Arm, so schien es. Was die Magd unterdessen tat, weiß ich nicht, ich kam nicht dazu zu fragen. Vielleicht kochte sie Brei und hielt ihn für dich warm, machte Feuer in der Wohnküche und knetete Teig oder fütterte Antero. Wäre die Magd nicht gewesen, hätte ich dich zu Heikkiläs geschickt, alleine hättest du auf dem Hof nicht wohnen können. So viel war mir schon damals klar, aber die Magd konnte ja bleiben. Sie hat mir am Ende ins Lazarett geschrieben, mich aufgefordert, so schnell wie möglich zu kommen. Es gibt Arbeit, schrieb Elli, mit zwei Kleinen schafft man die nicht, ein Hausherr muss her. Auch wenn ich den Brief sofort zerriss, hallten die Worte noch lange nach.

Ich kann weder Hausherr noch Vater sein, wie soll das gehen, wie soll ich das jemals werden, so kaputt, wie ich bin. Ich habe alles gegeben, was ich habe, wie kann da jemand noch was von mir verlangen, und obendrein so etwas.

Schon wieder bin ich hungrig, und das Brot ist fast alle. Dafür schwimmen im See reichlich Fische. Aber eine Angel habe ich nicht, und überhaupt ist es ein elender Widerspruch, sterben zu wollen und Hunger zu fühlen, denn der hält einen am Leben. Ein weiterer Widerspruch: vorwärts zu gehen und zurückzuwollen in die Vergangenheit. Meist haben Männer noch andere Bedürfnisse, als zu essen, aber ich nicht mehr, daran darf ich nicht mal denken und kann es doch nicht verhindern: Wie du mir erzählt hast, was du aus Büchern weißt und was man alles tun kann, damit die Liebe lebendig bleibt, ganz selbstverständlich hast du darüber gesprochen. Immer wieder fällt mir das ein, dabei ertrage ich die Erinnerung keine Sekunde, denn all das ist vergangen und kommt nicht wieder.

Deine Lebenskraft hat mich mit ihrer Heftigkeit, ihrem Eifer und ihren Forderungen vollkommen überrascht, ich wusste nicht, dass es sowas gab, hätte es aber niemals schlecht geheißen oder unpassend gefunden. Du hast mir in diesem Sommer so viel beigebracht, gemeinsam haben wir es gelernt. Aus dem Mund eines anderen Mannes könnte es prahlerisch klingen, aber das ist es nicht, ich sage es als einer, der alles verloren hat: Ich gab dir, was ich selbst bekam. Und diese Lebenskraft hat aus mir ein Saatkorn gezogen, das in dir wuchs und etwas Neues schuf. Wie dich das verändert hat, wie du ausgesehen hast, gegangen bist, als du schwanger warst, ich weiß es nicht. Dass du schwer und träge wurdest, kann ich mir kaum vorstellen, ich glaube nicht, dass deine Schritte ihre Leichtigkeit und deine Wangen ihren Glanz verloren.

Es ist zu viel. Nie wieder, mit niemandem, wenn schon nicht mit dir. Ich muss andere Gedanken denken. Es wird kühl, ich mache Feuer.

Ich denke an Vater.

Vater brachte mir bei, wie man sich im Wald und im Moor bewegt und verhält. Es nützt nichts, die Knie hochzuheben, große Schritte zu machen und zu denken, man wäre dann schneller. Flache Schritte sind besser. Und beim Beerenpflücken immer nur die reifen nehmen, nie die unreifen. Das ist eine Grundregel. Nur nehmen, was der Wald und der See zu geben bereit sind, nicht mehr, nicht gierig werden. Als Vater mir das erklärte, stapften wir auf der anderen Seite des Sees bei den Sängerhöhen entlang, wir hatten Julihitze, Heuwetter. Jeden Tag wurden neue Moltebeeren reif, jeden Tag pflückten wir sie ab. Vaters Beine waren länger als meine, die Mücken und Stechfliegen piesackten uns. Ich hatte Sorge, abgehängt zu werden, der Rand meiner Mütze war schweißnass. Wie immer legten wir ein paar Beeren auf einen Stein, als Dank, als Geschenk.

Der Feuerrauch rettete mich. Wir legen ein Päuschen ein, sagte Vater und fand wie immer Roterle, das Holz mit dem besten Geruch, das noch dazu sofort brennt, er nahm die kleine Axt, haute es zurecht, schon brannte es. Wenn man gutes Holz hat, braucht man nicht mal Rinde, gar nichts, das Holz brennt schon beim Gedanken ans Feuer. Das fiel mir wieder ein, als ich in Rovaniemi aus dem Zug stieg. Wo es lange gebrannt hat, riecht es lange nach Rauch, vor allem wenn Regen drauf fällt, dann ganz besonders. Obwohl ich die Augen zumachte, roch ich, wie kaputt alles war. Der Himmel über der Stadt wirkte merkwürdig weit, alle Himmelsrichtungen waren offen, weil da keine Häuser mehr standen. Der Wind pfiff über den nackten Boden hinweg.

Aber ich fühlte mich wohl. Als in der Dämmerung das Leben einschlief und das Hämmern und die Frauen- und Kinderstimmen leiser wurden, empfand ich mich als Teil von allem. Ich hätte glatt dortbleiben können, in einem verlassenen Keller oder am Rand einer ausgebrannten Siedlung. Die Umgebung passte: schwarze Schornsteine, verrußte Mauern, verkohlte Balken und der Geruch von Zerstörung. Da hätte ich leben können, als Maulwurf am Flussufer. Mitten im Ruin, denn etwas anderes habe ich nicht.

Aber der Mensch hat den Drang, neu anzufangen, giert nach frischen Sägespänen, nach Bast und Borke, hat den Willen, immer wieder neu zu beginnen. Das Kitzeln in der Nase, die gut geformte Axt in der Hand. Und das wundert mich nicht, sie werden ihren Grund für den Neuanfang haben. Alle sind sie davon getrieben, und in ihrer Eile sind sie blind, laufen wie Lemminge den üblichen Weg entlang und schauen nicht nach rechts und links, bis das Schicksal sie in den Bach stößt. Kaum haben sie Birkenholz, umzäunen sie ihr Grundstück und legen los. Natürlich, so würde ich es auch machen, ich würde alles daransetzen, dir ein neues Zuhause zu bauen, Lempi, das ist gewiss. Doch du brauchst es nicht mehr.

Auf unserem Ufergrundstück soll alles erhalten sein, aber ich werde den Anblick nicht ertragen. Auch wenn alles noch am rechten Platz ist, es ist trotzdem elend falsch. Ich erinnere mich noch gut, wie es vor dir war: die Stille im Haus, das ganze Leben nur das leise Ticken der Uhr. Und das erwartet mich nun wieder, deshalb bin ich hier. Ein gutes Leben gibt es für mich nirgends mehr, aber hier wachsen Sauergras, Moltebeeren und Sumpfrosmarin, und das ist immerhin etwas. Und so einen Nachthimmel wie hier, den gibt es nirgends sonst.

Der Fichtenstamm in meinem Rücken wankt sachte, ist biegsam. Das Wetter ändert sich, Nachtwind kommt auf und bringt Neues, der Mond steigt höher und bestimmt das Wetter. Bei Ostwind ist Angeln nutzlos, auch das hat Vater mir beigebracht, er sah immer zum Fenster raus und verfolgte die Richtung der Wellen auf dem See. Mutter war zu der Zeit schon tot, aber wir kamen zurecht. Wenn wir am Ufer ins Boot stiegen, wurden unsere Hosenbeine nass. Vater hatte den großen Spankorb dabei und fragte, ob ich warm genug angezogen wäre, auf dem See sei es immer kühl.

Es war sehr still zu dieser Zeit. An Windesrauschen oder Vogelgesang kann ich mich nicht erinnern, auch nicht an Muhen oder Bellen. Wenn wir zurückkamen, gab es niemanden, der auf uns wartete. Auf dem Holzbrett, auf dem die Fische ausgenommen wurden, glänzten die Schuppen wie Mondlicht. Wie die Blattunterseite der Moorbeere oder Mutters letztes Lächeln. Vater schnitt die Unterseite der Maränen auf, doch nach drei Fischen zitterten ihm die Hände, und er reichte das Messer mir: Mach du weiter. Und sofort danach kalt ausspülen, der Fisch darf nicht warm werden, sagte er mit abgewandtem Gesicht und ging zur Sauna. Ich sah es, das Schulterzucken, die Körperhaltung – wie wenn man aufgegeben hat –, die kurzen Schritte, wie bei einem Greis.

Das Messer führte ich zwar, aber alles andere war zu viel;

das Grau des Sees überflutete mich, und die ausgestreckten Äste unserer Hoftanne konnte ich nicht greifen. Und das werde ich auch jetzt nicht können, wo sich alles wiederholt. Unser Hof ist ein Ort der Männer, dein Dasein war ein bunter Streifen auf einem sonst weißen Stoff, ein kurzes Auffla- ckern, der helle Augenblick des Blitzes, vielleicht sogar einer Brandbombe, doch der ganze Rest ist farblos und schal. Wie konnte ich mir nur einbilden, ein anderes Schicksal zu haben als Vater.

Er lebte nur noch bis zum Herbst.

Hätte ich gewusst, dass es so ausgeht, hätte ich etwas von diesem unendlichen Schmerz geahnt, wäre meine Wahl dann anders ausgefallen? An welchem Punkt wäre ich zu- rückgewichen? Als du durch deine Wimpern zu mir aufsahst und mein Einkaufspaket mit einem Knoten verschnürt hast? Deine makellosen Fingernägel leuchteten hellrot, du hast das eine Schnurende unter dem anderen durchgezogen, das Paket einmal herumgewirbelt, von unten nach oben, und mir war schwer und leicht zugleich. Was wäre, wenn ich die Worte zurückgehalten und nicht nach deinem Namen ge- fragt hätte, wenn ich, statt deine Antwort abzuwarten, sofort den Laden verlassen hätte, nach draußen, schnell durch die Tür nach draußen?

Ich werde eins mit den Zwergbirken, mit ihren ledrigen Blät- tern, dem sich wiegenden Sauergras, dem Blau des Sees, ich bleibe hier. Die ganze Zeit trockene Witterung, kein einziger

Regentropfen, die Leute haben die Heuernte sicher schon drinnen. Die Erinnerungen ans gemeinsame Heumachen, Lempi, ich empfinde sie schon jetzt als Augenblicke des Verlusts für die kommenden Sommer.

Harken, aufgabeln, genügend Heu auf die Stange werfen, Stöcke reinstechen zum Lüften, dann auf Sonne hoffen. Auch dieses Jahr hätten wir die Scheune vollbekommen und noch mehr. Du wärst auf den Heuberg gestiegen, hättest die Halme plattgetreten und ab und zu Salz eingestreut, und falls du Stiche oder Wunden an den Beinen bekommen hättest, wäre ich natürlich eingesprungen. Im Heuduft der Scheune hätte man wunderbar schlafen können, trotz juckender Haut und klebender Grannen, aber hätten wir Zeit dazu gefunden? Zumindest hätten wir uns an die Scheunentür gelehnt und Gerstenfladen gegessen und vom Bier probiert, selbstgemacht und im Bachwasser gekühlt. Und abends in der Sauna hätten wir gesehen, wie blass die Haut unter der Kleidung geblieben ist, ein schnurgerader Strich, der Braun und Weiß trennt.

In einem Brief schrieb ich dir, dass sich auf dem Stallboden eine Nische im Zwischendach befindet, ein winziger Raum, in den ein Mensch knapp hineinpasst. Und im Herbst hatte ich dir den Bach gezeigt, die Windung an der Herppiö-Halbinsel, und alle anderen Verstecke ringsherum. So weit habe ich dann doch an die Zukunft gedacht, uns auf die Möglichkeit des Schlimmsten vorbereitet, aber weiter nicht. Die Kinder habe ich nicht kommen sehn, und jetzt gibt es sie.

Es ist kalt, das Brot ist alle. Ich werde erwartet. Als Vater, als Bauer. Von den Menschen am See Korvasjärvi, von allen. Pflichten muss man erfüllen, das hat auch Vater getan, und selbst wenn es für mich Schwereres nicht geben kann, ich muss. In der Kammer hängen vielleicht noch deine Kleider, mit deinem Geruch. Den kann ich immerhin einatmen.

Meine Beine sind steif, die Kleider klamm, aus der Glut steigt der letzte Rauch in die Luft. Als ich aufstehe, denke ich an Vater und mich, an das Viele, das uns verbindet, an die Rolle, die er einnahm und die auch ich ausfüllen muss. Vater zu sein für Kinder, die keine Mutter mehr haben.

Der Rucksack landet auf dem Rücken, ein zögerlicher erster Schritt, und wenn mir jetzt jemand entgegenkommt, egal wer, ich wüsste ihm nichts zu sagen.

Deshalb gehe ich weiter durch den Wald. Zuerst am Rand des Trockenmooses entlang, wo jeder Schritt der letzte sein kann, dann bei Allerova vorbei, wo ich den See sehe und die Straße, die zwischen den zwei Buchten auf die Halbinsel führt. Als ich am Ufer entlanggehe, herrscht Abenddämmerung, zu dieser Zeit wird man mich nicht einmal vom Dorfschmied aus entdecken. Ich lasse den kleinen Manalais-Laden links hinter mir liegen, und als ich auf der Halbinsel Herppiöniemi ankomme, bin ich fast da.

Die Schotterstraße nehme ich nicht. Die ist für Menschen, die wissen, wohin sie wollen, und nicht schnell genug am Ziel sein können.

ELLI

Nach dieser Kurve kommt die lange, vertraute Gerade. Antero und Aarre sind vor Müdigkeit blass, aber ich schiebe ihre Karre weiter, ich schaff es bis ans Ziel. Die beiden Jungen sitzen in ihren schwedischen, viel zu warmen Jacken nebeneinander. Die Kleinen. Irgendwo in sich haben auch sie diesen Kern, der ihnen sagt: Diese Stelle kenne ich doch, und das Haus, und auch den Himmel, der sich über der Halbinsel anders zeigt, runder.

Das ganze Jahr habe ich an diesen Augenblick gedacht, den ganzen Winter über, den Frühling und den Sommer, und jetzt sind wir hier und kehren zurück an den Ort, an den wir gehören. Weg von den fremden Leuten und dem fremden Land. Und obwohl ich auf diesen Tag gewartet habe, fürchte ich mich auch vor dem, was ich nun vorfinden werde. Die schon angekommen sind, haben es berichtet: Pursuoja steht, die Höfe am Korvasjärvi-Ufer sind heil. Wir hatten unglaubliches Glück, so heißt es immer wieder. Ich habe die Worte noch gut im Ohr, obwohl sie nicht an mich gerichtet waren.

Von hier sieht man es schon fast, irgendwer weiter vorne ruft: Mein Zuhause! Meine Beine schreiten weiter aus, ich habe Kraft, obwohl man es mir nicht ansieht. Ich bin kein Frauenpflänzchen, das können sie noch so oft über mich sagen. Ich fühle kurz hin, Hand und Daumen machen die eingeübte Bewegung an der Hüfte. Ja, das Messer hängt, wo es soll.

Das Haus, der Hof, alle Winkel erwarten uns so, wie wir sie kennen. Im Kirchdorf und am Wegesrand war das anders. Bei Alatalo steht nur noch die Sauna, bei Kousiniemi nur die Mauer ohne Haus obendrauf, genauso bei Kirstilä, Koivikko und Raasakka. Bei Juopperi ist nur die Vorratshütte ganz geblieben, bei Kangas sogar nur der Bootsschuppen. Wir gehen immer weiter, erreichen die Halbinsel, die Kinder und ich. Wir kehren nach Hause zurück. Die nächste Wegbiegung kenne ich sehr gut, vorn auf der Landzunge öffnet sich der Himmel und reicht wie ein Bogen von Wasser zu Wasser. Rauchgeruch weht uns entgegen, irgendjemand ist schon da. Antero stemmt sich hoch und will selber laufen. Bleib auf dem Weg, rufe ich, fall bloß nicht in den Graben. Er versucht, mit den anderen Kindern mitzuhalten, einem ganzen Rudel, alle vor dem Krieg oder beim Fronturlaub gezeugt. Vor mir trottet Leinikki, ich bin sicher, auch ihre Schritte werden schneller. Selbst Talvikki schert sich nicht mehr um das magere Gras am Straßenrand, sie trabt mit erhobenem Kopf voran, ihr dickes Euter schwingt hin und her.

Ich würde diesen Weg lieber allein gehen, nur mit den Kindern. Noch gehöre ich nicht zu denen, die vorwärtshasten, lauter werden, Gottogott rufen und anfangen zu laufen. Viele weinen. Das weiß man, auch ohne es zu sehen, man riecht es. Wie ist das nur möglich!, klagen die Leute und wundern sich. Was gibt es da zu wundern, frage ich mich. Wieso jammern die, nach allem, was wir unterwegs gesehen haben? Ruinen, bloße Schornsteine, verkohlte Erde und Menschen, die auf ihren Höfen den Boden durchwühlen. Ich berühre das Messer und gehe weiter, an den Ort, an den ich gehöre. Nicht mehr lange, und die Kinder werden mich Mutter nennen. Dies ist der Ort, für den ich bestimmt bin, und du bist jetzt nicht mehr da, um zu stören.

Von der großen Straße aus sieht man es dann, dort unten, ich sehe es auch oder weiß es. Antero will zurück in die Karre, ich hebe ihn mühelos rein. In mir steckt all die Stärke, die ich jetzt und in der nächsten Zeit brauche. Ich erkenne sie am Rauschen in meinem Kopf, an den Blitzen in meinem Magen. Da, dort liegt es! Keine kaputten Mauern, über die der Wind streift, kein schwarzes Loch anstelle des Stalls. Jetzt nach rechts, auf die Abzweigung, die an Heikkiläs Hof vorbei zum Ufer führt, die Karre läuft ganz leicht. Aarre streckt den Zeigefinger aus, schweigt aber dabei, als wüsste auch er Bescheid. Antero klammert sich an der Karre fest und wird tatsächlich schon manches verstehen, jedenfalls spürt er dasselbe wie ich.

Jeder Stein liegt an seinem Platz, aus dem Rasen ringsum ist eine Wiese geworden, die Steine führen mitten hindurch, vom Ufer zur Treppe, und die Treppe führt zur Haustür. Neben der Tür lehnt tatenlos der Reisigbesen und verrät, dass keiner zu Hause ist. Niemand ist hiergewesen, bis hierher haben sie es nicht geschafft. Im Keller steht das Salzfleischfass, in der Erde liegen die Kartoffeln vom letzten Jahr. Am Beetrand wuchern Lauchzwiebeln, rund ums umgedrehte Boot wächst das Gras meterhoch, doch das Boot ist unberührt und ohne Schaden. Wir haben keine Not, ich und die Kleinen. Alles ist noch da, wir haben Essen und ein Haus, in das wir zurückkönnen. Ich habe sogar mehr als beim Aufbruch, denn ich habe die harte Zeit überstanden, und jetzt kommt meine Zeit. Und ich bin sicherer als vorher. Vielleicht der Kinder wegen. Wenn sich jeden Abend ein pausbäckiger Junge neben dir zusammenrollt, der wieder ein Stück größer geworden ist, und du sogar ein Neugeborenes durchbringen kannst, dann schaffst du, was immer du willst. Das werden die Leute noch erkennen, bald.

Ich schiebe die Karre auf den überwucherten Hof. Ich werde richtig anpacken und alles in Ordnung bringen, dieser Hof gehört nun mir, und ich werde allen zeigen, wer ich bin. Alles ist, wie es sein soll: das Schwalbennest unter der Regenrinne, die Stille um die Hoftanne, das Wellenplätschern am Ufer, das dunkle Wasser am Ende des Sees. Leinikki muht, die anderen stimmen ein. Kaum öffne ich die Stalltür, trotten sie in ihre Verschläge. Das Heu ist überjährig, aber die Kühe haben den ganzen Weg frisches Gras gegessen. Sie gehen an ihren Platz und legen sich auf den Boden, als würden sie erleichtert seufzen, endlich wieder da. Vor dem Schlafen werde ich melken, und morgen sense ich ihnen frisches Gras. Morgen wasche ich und räume auf, tue alles, damit man gerne auf den Hof zurückkehrt.

Ob die es plötzlich eilig hatten? Wieso haben sie unsere Häuser heil gelassen? Das fragen sie jetzt auf jedem Hof am Korvasjärvi immer wieder, bestimmt so lange, wie die Leute sich erinnern. Was haben wir für dieses Glück getan, womit haben wir diesen leichten Neubeginn verdient? Wer hat uns das geschenkt, aufgrund welcher Verträge, dass wir schon zum zweiten Mal vor dem Schlimmsten bewahrt bleiben? Ich weiß es. Ich komme hierher zurück, weil ich endlich meinen Platz in Pursuoja einnehmen kann. Auch wenn niemand gedacht hätte, dass aus mir mal eine Bauersfrau wird. Aber jetzt kommt eine neue Zeit. Hübsche Kinder hast du, hat eine Frau im schwedischen Lillby zu mir gesagt. Es war die Schwiegertochter vom großen Gutshof, wie ich später hörte. Als Antwort darauf habe ich nur genickt. Ich habe das Kinn gereckt und beschlossen: Sollen die Dorfleute reden, was sie wollen, ich kann später immer noch sagen, dass ich keine Kraft hatte, es aufzuklären und die ganze Geschichte zu erzählen.

Antero hat Aarre die Treppenstufen hochgeholfen. Da stehen sie und sehen zu, wie ich die Scheunentür öffne, mit Gesichtern, als würden auch sie wissen: Hier ist es. Mama!, ruft Antero und wiederholt es, Mama!, Aarre macht es ihm nach, Mam, Mam. Heißer Zorn schießt mir in den Kopf. Mit wütenden Schritten gehe ich zurück zum Haus, trample die Gräser platt und verfluche dich ein weiteres Mal. Dann reiße ich mich zusammen. Ich erinnere mich an die Rolle, in der ich hier begonnen habe, und höre mich sagen: Die ist nicht da. Eure Mutter ist gestorben, aber ihr habt immer noch euer Zuhause. – Mam, Mam, quengelt Aarre, dabei hat er dich hinterhältige Frau nie gesehen.

Ich hocke mich auf den Boden der Veranda, sehe den Staub und den Dreck. Ich rufe die Kinder zu mir. Sie kommen. In Aarres Gesicht erkenne ich Viljami. *Ich* kümmere mich um euch, sage ich, und euer Papa kommt nach Hause, sobald er kann. Ihr habt es wirklich gut, und dafür müsst ihr dankbar sein. Antero nickt. In seinen Augenwinkeln klebt Eiter, wahrscheinlich wieder eine Entzündung. Ich drücke ihn fest an mich. Und du, Aarre, auch schon so ein großer Junge! Die Mundwinkel des Kleinen heben sich, er lächelt. Seine Zähne sind groß und weiß, an weiches Brot gewöhnt. Er zieht aufmerksam die Augenbrauen hoch, als ich sage: Eure Mama wäre stolz auf euch, wenn ihr Elli jetzt helft und die Flickenteppiche zusammenrollt. Dann brauchen wir Wasser, fürs Haus und für die Scheune. Und Holzscheite und Späne, Wärme und frische Luft. Und eine heiße Sauna. Und nachts schlaft ihr in euren eigenen Betten.

Und ich in dem von Viljami.

Am Abend halte ich zögernd den Schlüssel in der Hand. Auf den Betten liegen die bloßen Decken. Die Bezüge waren vergammelt, aber daran denke ich jetzt nicht. Ich habe ein Recht darauf, der Schlüssel liegt ganz leicht in meiner Hand. Er lag noch in dem Versteck, wie es zu sein hatte. Ein letztes Mal habe ich das Gefühl, ich dürfte nicht an deinen Schrank gehen, den Schrank der Kaufmannstochter. Doch ich darf und ich kann, und deshalb schiebe ich den Schlüssel ins Schloss. Er stößt leise klirrend gegen den Beschlag, dann gleitet er an seinen Platz.

Die Kinder essen Brei, auch Aarre kann das schon allein, das Mehl war noch gut. Ihre Haare sind nass von der Sauna. Sie sagen und fragen nichts, als ich den Schlüssel umdrehe und den Schrank öffne. Die Zöpfe aus Halmblättern duften noch immer. So soll es sein. Die Jungen schauen zu mir, und ich in den Wäscheschrank: zusammengerollte Laken, gebügelte Kissenbezüge, die Spitzenverzierungen mit dem heißen Eisen geplättet. Jedes Stück an seinem Platz, auch das ein Wunder. Alles ist, wie der alte Heikkilä und ich es zurückgelassen haben, drinnen und draußen, im Haus und auf dem Hof, rund um die Hoftanne, in der Sauna. Vielleicht kommt sogar die Katze zurück, das soll es geben.

Die Bettwäsche ist staubig. Ich muss sie waschen oder wenigstens lüften. Das war auch vorher stets meine Aufgabe, ich war es, die eure besudelten Laken gewaschen hat. Kein bisschen hast du dich dafür geschämt, immer die feine Dame gegeben. Mit allen möglichen Tricks hast du hervorgekehrt, dass wir unterschiedlicher Herkunft und Rasse sind. Deine schicke Kleidung hast du vorgeführt, ständig hieß es, Papa dies und Schwester das, der Laden und was ihr alles gemacht habt, und wenn Arbeit anstand, plagten dich irgendwelche Zipperlein. Und als wäre da noch nicht genug Arbeit gewesen, hast du Antero bei uns aufgenommen, du Geldgierige. Anfangs war ich darüber wütend, heute nicht mehr. Der arme Kleine hat ein Zuhause bekommen, und er ist ein guter Junge, genau wie Aarre, obwohl Aarre zur Hälfte von dir ist. Den Jungen zuliebe sage ich, wenn überhaupt, nur Gutes über dich, aber in Gedanken verfluche ich dich.

Meine Worte kann ich im Zaum halten. Dabei kamen wir wirklich nicht gut miteinander aus, Freundinnen waren wir schon gar nicht, was soll das überhaupt heißen. Freundinnen habe ich nie gehabt, weder damals bei meiner Tante, und erst recht nicht danach. In Lillby gab es immerhin diese junge Samin, die mir alle möglichen Fragen stellte, wenn wir nebeneinander in der Küche schufteten. Kartoffeln schälen, das kann ich, hatte sogar mein eigenes Messer dabei, aber die Samin konnte ich trotzdem nicht verstehen.

Die Löffel der Jungen stoßen leise klirrend auf den Schüsselboden. Ich stehe am Wäscheschrank und starre den Zopf aus Halmblättern an. Auch das musste ich dir beibringen. Ich habe dir gezeigt, wie man bei dieser rauen Gräsersorte das Blatt vom Halm trennt, vorsichtig, damit man sich nicht schneidet. Du hättest das nie und nimmer gewusst, du dämliche, vom Vater verwöhnte Tagträumerin. Ja, in der Schule, da lernt man sowas nicht. Ohne mich hättest du böse in der Klemme gesteckt, das ist klar. Ich habe hier mein Brot wirklich wacker verdient. Das würde niemand, der Bescheid weiß, abstreiten, und vielleicht verrate ich es eines Tages ja noch.

Das mit den Duftzöpfen hattest du von der alten Heikkilä, die mich übrigens elend aussehend fand, ja, ich höre sehr gut, und dann hast du mich ausgefragt, was es mit diesen Zöpfen auf sich hätte. Ich habe Antero zu den Heikkiläs gebracht und nahm dich mit. Es war Hochsommer, dein Bauch dick. Geh schon, dumme Kuh, vorwärts, du dicker, lahmer Hintern, das hier sind meine Wiesen, du Stadtflittchen, so dachte ich. Ich scheuchte dich über einen Umweg, angeblich auf der Suche nach den richtigen Gräsern. Du hast geächzt und dich verlaufen, kaum dass wir einen kleinen Abstecher machten. Du kanntest die Zeichen im Wald und den Geruch des Sees nicht, wusstest nicht, was die Lage von Ameisenhügeln und Baumflechten bedeutet. Am Ziel angekommen, hast du dich mit beiden Händen auf die Oberschenkel gestützt. Deine Gesichtshaut war bleich und rotgescheckt zugleich, hässlich. Ich wischte mir seelenruhig die Stirn und schnitt mit dem Messer passende Blätter ab. Im Nacken spürte ich deinen Blick, bestimmt sahst du mich wütend an. Ich lächelte. Du hattest das hier doch selbst gewollt.

Und dann war ich es, die die Zöpfe zwischen die Bettwäsche legen musste. Du hast auf dem Bett herumgelungert, dir den Bauch gehalten und mich jammernd gebeten, den Schlüssel zu nehmen und an den Schrank zu gehen. Auch melken und Wasser holen und Antero versorgen könnest du nun nicht mehr. Zum Glück bliebst du den Rest des Abends still. Mir konnte das nur recht sein. Ich summte vor mich hin und spielte mit Antero Verstecken. Jedes Mal kroch er unter den Tisch, und jedes Mal schallte mir von dort sein entzückter Jubel entgegen, wenn ich ihn fand. Aus der Schlafkammer drang nur ab und zu ein Stöhnen. Später wusch ich Antero in der Sauna und nahm ihn zu mir ins Bett. Ich beobachtete, wie er die Augen offen hielt, obwohl er sich tüchtig dabei anstrengen musste. Ich streichelte seinen warmen Kopf so lange, bis er aufgab und einschlief. Im Traum lächelte er. An dem Tag hatte ich den Kampf für mich entschieden.

Dir gefiel es, mit deiner Spitze aus Rauma zu prahlen, wie fein das Garn sei und wie gut man dieses Handwerk in Rauma beherrsche, im Süden, an der Küste, wo deine Verwandten lebten. Du hast die Bänder der Kopfkissen andächtig um deinen heißen Stab gedreht, und als du mir vorschlugst, es auch zu probieren, verbrannte ich mir den linken Daumen; die hässliche Wunde wollte und wollte nicht heilen. Angeblich tat dir das furchtbar leid, du spieltest großes Bedauern und Beklagen. Allerdings weiß ich, wann es dir wirklich leidtat: als du versucht hast, Blutklöße zu machen, und ich dir mit der verbundenen Hand nur zuschauen konnte. Ja, wenn man mich einsetzen kann, dann bin ich gut genug. Ein Arbeitsgerät bin ich, und wenn ich mich verletze, bin ich nutzlos. Natürlich ist aus den Blutklößen nichts geworden, auch aus denen nicht. Dazu warst du nicht imstande, du hast schlicht nicht hierhergehört! Manchmal ist dir das immerhin selbst klargeworden, jedenfalls da am Herd, als du dir beim Anblick der zerbröselnden Klöße die Tränen verkneifen musstest. Mit verzerrtem Gesicht hast du geklagt, wie schrecklich du Viljami vermisst und ach, käme er doch wenigstens zum Fronturlaub. Falls du geglaubt haben solltest, ich würde dich aufmuntern, hast du dich getäuscht.

Ich trage den Wäschestapel wie einen Arm voll Holz vor die Tür. Ich lege ihn auf dem Treppengeländer ab und nehme mir ein Stück nach dem anderen vor. Auffalten, schütteln, ausschlagen. Fort mit dem Alten, her mit dem Neuen. Über mir kreisen die Schwalben, ich kann sie hören. Im Stall lautes Muhen. Wie gut, dass es mit der Angst ein Ende hat. Eine neue Zeit, die des Friedens. Sogar am Ufer ist alles wie vorher, der Steg, die Birke, das Seifenstück in der Sauna, im Schuppen die Netze, mit denen ich umgehen kann. Wer am See wohnt, kennt keinen Hunger.

Andernorts haben sie es schwerer. Dort wird gemauert und gezimmert, schnell, ehe die Kälte kommt. Die Alten fangen an, die Männer machen weiter, es riecht nach frischem Holz. Aus den Steinfundamenten wird rausgebuddelt, was sich noch finden lässt, hastig versteckte Teller und Töpfe, auch aus Gräbern. Wir dagegen sind gar nicht dazu gekommen, etwas zu vergraben. Unter der Erde liegen andere Dinge. Aber die Erinnerungen sinken in die Tiefe, sind kaum noch aufzufinden, es schlägt eine neue Stunde, und wenn ich abends das Sägemehl von den Füßen der Jungen schrubbe, denke ich nur an das, was ich tue, nicht an Vergangenes. Das lohnt nicht, für niemanden. Den Krieg sollte man besser vergessen.

Das Neue beginnt mit dem Morgen, wenn ich aufstehe und die Aufgaben für den Tag in Angriff nehme. Die Jungen bekommen frische Milch, jeder aus einem eigenen Becher, da bleibt kein Schluck zurück. Ich begutachte das Beet und schaue, was noch zu gebrauchen ist. Kartoffeln müssten sich finden lassen, die Erde liegt hoch genug, das Schmelzwasser trocknet im Frühling schnell weg. Ich sense die Wiesen, hacke Holz, putze die Fenster, schreite den Zaun der Kuhweide ab, flicke, was zu flicken ist, rudere die Reusen vor das Ufer der Herppiö-Halbinsel, schrubbe die Stallwände.

So viel zu tun, doch ich werde nicht müde. Abends streichle ich die Blondschöpfe, gebe ihnen einen Butterklacks in den Brei, biete ihnen Blaubeermilch und Salzhering an, und die beiden wenden sich mir immer deutlicher zu, wie junge Triebe dem Licht. Für sie bin ich die Mutter, mehr wissen sie nicht. Ich überlege, wie ich sie anleiten soll, am besten wie nebenher. Wenn ich ihnen Brot gebe und dazu sage: Mutter gibt es euch, nicht Elli. Dann würden sie mich gewiss bald so anreden. Noch ist die Mutter in ihren Gesprächen ein guter Geist, ein freundlicher Wichtel oder die Herrscherin über ferne Berge.

Ich warte auf Viljami. Er weiß, dass ich hier bin. Schreiben kann ich nicht gut, am Ende wurden es nur ein paar Zeilen, aber ich weiß, er wird kommen. Bestimmt hat man ihn schon aus dem Lazarett entlassen, er war ja gar nicht verletzt, wenn ich es recht verstanden habe. Ich warte, wende den Kopf in die Richtung, aus der er kommen wird, kneife die Augen zusammen, versuche, alles zu erkennen, und bin bereit. Ich schärfe den Jungen ein, dass sie Bescheid sagen müssen, sobald auf dem Weg jemand in unsere Richtung kommt. Doch, ganz bestimmt, in diesen Tagen, versichere ich Aina Heikkilä. Ich wasche mich jeden Morgen und Abend unter den Achseln, sehe zu, dass die Jungen saubere Kleidung tragen, und schneide ihnen regelmäßig die Haare nach, draußen vor der Sauna. Erst die gelockten von Aarre, dann die geraden, feinen von Antero. Die blonden Haarspitzen rieseln durch meine Finger ins Gras, wie winzige Engelsfedern. Diese zwei Kinder, sie gehören jetzt in mein Leben, das habe ich geschafft, allem zum Trotz.

In diesen Wochen sind viele Leute unterwegs und machen einen Abstecher zu uns, erst recht, als sich herumspricht, dass ich noch Salzfleisch habe und es gut zubereiten kann. Auch Fisch habe ich, und frische Butter. Jedes Mal, wenn die Jungen gerannt kommen und jemanden melden, bin ich aufgeregt, aber bereit. Jedes Mal vergeblich. Das

81

Fleisch verkaufe ich zu einem guten Preis, lange kann man es nicht mehr essen. Ich bestimme die Summe und lege das Geld zur Seite, in ein Kästchen in der Kommode, aber von Viljami keine Spur. Ich gehe von Fenster zu Fenster und warte. An dich denke ich nicht mehr.

Viljami kommt nicht. Als Aina Heikkilä wieder zu Besuch ist und ich von ihm erzähle, verdunkelt sich ihr Blick. Ich sage jeden Tag dasselbe: nicht mehr lange, sehr bald, wenn nicht morgen. Die Heikkiläs wissen, von wo er aufbricht, und die Nächte werden kälter. Die Blätter verfärben sich, den Schuppen habe ich schon halbvoll mit Holz. Aber Viljami kommt nicht. Antero lernt, ein sauberes R zu sprechen, und eines Morgens sitzt die Katze vor der Stalltür, Miisu. Als ich sie nach dem Melken reinbringe, jubeln die Jungen vor Freude. Mit rundem vollem Bauch streift sie ihnen um die Beine und schnurrt. Ich zeige den Jungen, wie man ihr Fell streichelt, immer mit dem Strich, und unterm Kinn sanft kraulen. Ich setze mich aufs Bett und sage: So, wie Miisu von ihrer Reise zurückgekommen ist, so kommt auch euer Vater bald zurück.

Aber er kommt nicht.

Viljami kommt erst im September. Ich hatte keine Möglichkeit mehr, mich nach ihm zu erkundigen, im Lazarett nach seiner Entlassung zu fragen, und bin überrumpelt. Lange Zeit habe ich immer zur Straße gespäht, habe wer weiß was für Leute für Viljami gehalten. Als er dann wirklich erscheint, kommt er über die Uferwiese und steht plötzlich im Flur. Ich will gerade den Abwassereimer rausbringen, habe nicht mal meine Haare gerichtet, die Kinder lärmen in der Schlafkammer. Auf einmal geht die Tür auf, die Katze flitzt raus, und er steht da. Er sieht anders aus und trotzdem wie vorher. Seine Schultern sind genauso breit, seine Hände genauso groß. Als ich zu ihm aufschaue, mich das endlich traue, obwohl ich zittere, sehe ich, dass ihm die Haare bis über die Ohren gewachsen und seine Augen leer sind, wie Eis. Ich umfasse den Griff der Stubentür innen, er außen.

Er steht so dicht, dass ich ihn rieche, ich rieche eine Mischung aus Wald und Sumpf und Mann. Und Schwierigkeiten.

Du bist hier?, fragt er.

In diese Frage hülle ich mich ein, schlüpfe ins Du wie ein Schneehuhn in seine Schneehöhle. Ja genau, für dich gemacht, zu allem bereit, aber ich sage nur: Ja.

Und die Jungen?, fragt er.

Ein Schatten huscht über sein Gesicht, er sieht an mir vorbei, auch als ich antworte: In der Kammer. Seine Nachfrage klingt gequält, nur pflichtschuldig gestellt, wirklich wissen will er es nicht:

Sind sie –?

Sie sind wohlauf, ja.

Ich mustere seine Stiefel und die Hände, die mich umschließen sollen. Wahrscheinlich atme ich nicht einmal, nein. Mein Herz hämmert lauter als damals beim Glattschlagen der moorigen Erde mit dem Spaten. In dem Moment hatte ich es entsetzlich eilig, die Welt toste, und ich musste schnell überlegen, was ich mitnehme, machte mir im Kopf eine Liste: Geburtsurkunden, Hofbrief, Bankbuch.

Wir halten noch immer beide den Türgriff fest, und er fragt, ob Wasser in der Sauna sei. Am liebsten würde ich hüpfen, schreien, ihn umarmen, Läuse und Wanzen können mich nicht schrecken, ich würde mich sofort an ihn schmiegen, die Seine sein, hier im Flur, endlich, aber ich beherrsche mich und denke an meine Rolle. Ja, Wasser ist da, und soll es auch was zu essen sein?

Danke, antwortet er und nickt. Wo er seine Sachen lassen soll, fragt er, wie ein Fremder im eigenen Haus. Ohne mich anzusehen, nimmt er mir den Eimer ab, beinahe berühren sich unsere Hände, aber nur beinahe, warum, würde er zusammenzucken? Jetzt nichts überstürzen, immer mit der Ruhe, und ich beruhige mich und denke an meine Rolle. Ob er mich auch riecht?

Ich bitte ihn, seine Kleidung vor der Sauna liegen zu lassen: Ich wasche sie, wenn ich darf.

Er bedankt sich dafür und geht raus. Ohne die Jungen begrüßt zu haben. Sie sitzen still in der Kammer und lauschen. Obwohl ich vor Freude und Sehnsucht ganz durcheinander bin, ärgere ich mich auch. Die armen Kleinen! Ich gehe zu ihnen in die Kammer, kämme ihnen die Haare, hocke mich zu ihnen auf den Boden und mache ein Spiel daraus: Als Miisu wiederkam, da hat sie miaut, was aber sagt ein Mensch? Muht der, grunzt der oder wiehert der? Die beiden lachen. Ihr Vater ist ihnen fremd, und Antero ist nicht einmal mit Viljami verwandt. Trotzdem sind wir jetzt seine Familie, wir, ich und nicht du, auch wenn ich den Tisch erst einmal nur für drei decken werde.

Ich binde mir eine saubere Schürze um, hole die bereitgehaltene Kleidung aus dem Schrank und lege sie Viljami auf die Saunatreppe. Ich nehme einen unangenehm stechenden Geruch an mir wahr, aber ich mache schnell Feuer in der Küche, brate ihm durchwachsenen Speck, buttere Brotscheiben und koche Kaffeeersatz. Für mich decke ich nicht, es gibt in diesem Haus und an diesem Tisch noch keinen Platz für mich. Ich weiß es, versuche zu verstehen, aber verstehe es nicht. Es kann sogar sein, dass Viljami mich fortschickt, sicher nicht gleich heute, doch wer weiß, was morgen ist. Heute Abend könnte ich mich ein Stück entfernt von ihm hinsetzen und ihn heimlich anschauen. Das würde mir als Nahrung reichen. Vielleicht merkt er ja, dass es ohne mich nicht geht.

Ich weiß noch, wie mir dämmerte, es könnte anderswo ein anderes Leben geben. Die Tante hatte überlegt, dass der alte Bauer auf Pursuoja ja unter der Erde sei und der Sohn bald an die Front müsse und wie viel der Hof wohl kosten würde, falls er dann zum Verkauf stünde. Ich hockte an der glitschigen Kante des Eislochs unten am Fluss, spülte die Bettwäsche und überlegte, wie ein junger Bauer das alles schaffen sollte und ob er überhaupt alles konnte. Meine Finger wurden taub vor Kälte, und ich dachte an mein eigenes Leben, jeden Winter das gleiche Eisloch und die Wäsche der Tante, das magere Gasthausgeld, von dem ich nie so viel bekam, wie mir für die viele Arbeit eigentlich zustand, die Befehle der übellaunigen Alten, das Frieren, die Einsamkeit. Ich hängte die schweren Laken zum Trocknen an die Leine, wo sie sofort steif froren, und sah mich wieder ins Haus gehen und all das immer weiter tun, Tag für Tag und Jahr für Jahr, die Deutschen würden verschwinden und der Krieg enden, aber mein Leben ginge immer weiter.

Die Wanduhr tickt, innen drin zittere ich die ganze Zeit, aus den Fingerspitzen will es nach draußen. Das Messer ist, wo es sein soll, mein Daumen am Ende des Griffs, der aus der Scheide ragt. Ich gehe in die Schlafkammer und trete vor den Spiegel. Wie ein gerupfter Vogel sehe ich nicht aus, sollen die Leute doch sagen, was sie wollen. Was sieht Viljami in mir? Ich kneife mir etwas Rot in die Wangen, massiere die Lippen, ziehe die Schultern zurück. Als eine Lempi werde ich mich nicht ausgeben. Nehmen muss er mich trotzdem.

Ich sehe Bewegung im Saunahaus und trete ans Fenster. Die Jungen haben zu ihrem Vater gefunden, zu ihrer Familie. Sie sind dort und ich hier. Es sind gute Buben, und falls Viljami mich fortschickt, müssten sie ohne mich leben und ich ohne sie. Das kommt noch dazu. Ich kann erkennen, wie die Saunatür aufgeht. Ich wische mir mit dem Schürzenzipfel über die Augen und prüfe, ob alles auf dem Tisch steht. Schon wieder eine Verbrennung, auf dem linken Handrücken. Ach, nicht wichtig.

Ich habe dir noch Saunawasser nachgefüllt, das ist schnell warm, falls …

Das sagt er. Ich schenke ihm Kaffeeersatz ein, die Jungen haben rote Gesichter und blitzblanke Augen. Sie haben die richtigen Worte und Gesten gefunden, sind ihrem Vater nähergekommen, jetzt schauen sie ihn erwartungsvoll an. Ich freue mich für sie. Alles geht so, wie es soll. Es ist mir gelungen, Viljami für sie lebendig zu halten, in Gesprächen und Spielen – sonst hätten sie ihn bestimmt vergessen, doch das habe ich nicht zugelassen. Jetzt ist er endlich da, der, von dem ich ihnen jeden Abend erzählt habe, der andere Elternteil, noch dazu einer wie Viljami. Er wird schon ein guter Vater werden, die Kinder zeigen es ihm, so wie ich eine gute Mutter geworden bin. Ich werde nie vergessen, wie ich mir das Neugeborene um den Leib gebunden habe, seine kleinen Armbewegungen. Ich habe meinen warmen Pullover drübergezogen, den Reisigbesen vor die Tür gestellt, und dann sind wir eingestiegen.

87

Die Jungen gehen ohne Aufforderung ins Bett, Viljami lächelt bemüht, blickt sofort wieder ernst. Er hat so gut wie nichts gegessen, sitzt nur mit dem Brot in der Hand da und späht zum See. So lange, dass auch ich rausschaue, ob dort jemand ist. Seine Nasenflügel zucken, es sieht aus wie ein scheuendes Pferd, wegen dir, du Verfluchte, und mein Handrücken brennt, und so gern würde ich mich auf seinen Schoß setzen und umarmt und geschaukelt werden. Er muss doch begreifen, dass ich hierhergehöre, zu den Jungen und zu ihm.

Ich sollte dir wohl danken. Weil du dich um alles gekümmert hast, sagt er.

Ja. Das habe ich, sage ich.

Um die Jungen und die Kühe und alles.

Es musste ja jemand tun, wo Lempi nicht mehr da ist.

Er verstummt, sein Blick ist erschrocken. Ich habe es falsch ausgedrückt. Die Uhr tickt, meine Achseln sind klatschnass. Die Brandwunde juckt.

Ich gehe jetzt in die Sauna, sage ich und versuche, entschlossen zu klingen. Soll er in der Zwischenzeit ruhig schon mal darüber nachdenken, wie er das hier handhaben will. Auch über Antero müssen wir reden, doch das eilt nicht. Viljami wird die Entscheidungen treffen, irgendwann. Aber ich werde ihn auf die richtige Spur setzen.

In der Sauna erwartet mich ein randvoller Warmwasserbehälter, und das Wasser kocht. Das ist schon mal was.

Ich mische lauwarmes Wasser und gieße es mir vorsichtig über die Haare. Mich kann man nicht von den Kindern trennen, das muss ich ihm nach und nach verständlich machen. Es wäre schrecklich für die Jungen, sie haben nichts Vertrautes außer mir. Du hast für sie nicht zur Mutter getaugt. Antero können wir auch nicht wegschicken, er hat keinen anderen Ort. Viljami wird schon erkennen, dass ich hierhergehöre, auf diesen Hof, der deiner war, jetzt nicht mehr. Ich werde den Platz füllen, so gut ich kann, ganz wie Viljami will. Hast du gehört? Es beginnt eine neue Zeit.

Als ich auf dem Bahnhof von Rovaniemi stand, den kleinen Antero an der Hand und den winzigen Aarre wie ein Kätzchen auf meiner Haut, wimmelten Hunderte Menschen um uns herum. Ein Gedränge und Getümmel, die Heikkiläs hatte ich längst verloren, ich wusste nicht, wohin. Ich stand nur da, und trotz der vielen Menschen war eine Stille um uns herum, niemand sonst war mir nahe, nur die beiden Kleinen. Da verstand ich, dass sie jetzt mir gehören, dass wir eine Familie sind und sie niemanden haben außer mir, solange Viljami an der Front ist. Ich bin es, die um sie herum ist, ihnen Brot gibt, den Mund abwischt, über eine schmerzende Stelle pustet. Ab da gehörten wir zusammen, und zum ersten Mal in meinem Leben habe ich eine Familie. Aber um Wiedergutmachung geht es für mich nicht.

Um uns herum wurde in drei Sprachen durcheinandergeschrien, niemand schien zu wissen, wann der Zug abfahren sollte. Ein zwielichtiger Kerl sagte, die Waggons seien schon voll, auf einer Bank saß ein trächtiges Weib und heulte, vor sich einen Korb mit einer Katze, obwohl Tiere nicht erlaubt waren. Ich hatte für Aarre keine Milch und machte den ersten Schritt vorwärts. Aina Heikkilä tauchte nirgends mehr auf. Ob ich je wiederkommen würde, wusste ich nicht. Oder Viljami. Ich schrieb ihm rasch ein paar Zeilen und beschloss: Ganz gleich, was mit ihm passiert, um die Jungen werde ich mich kümmern.

Eine tüchtige Bäuerin gebe ich ab. Ich kenne den Hof und weiß, wo was hingehört, ich finde alle Geräte und Werkzeuge. Die Kühe kennen meine Stimme und drücken sich beim Melken an meine Stirn, sie überlassen sich mir. Die Jungen kommen sofort gelaufen, wenn sie etwas brauchen. Ich weiß, was man tun muss, damit der Herd gut zieht, auch wie man die Sense benutzt, ich bin geschickt, selbst wenn ich meine Augen anstrengen muss. Ich kann Gerstenfladen backen und alle Mittagsgerichte kochen, meine mürben Kamm-Kekse hast sogar du gelobt. Ich halte das Haus sauber, kann Maränen ausnehmen und jede Arbeit verrichten.

Die Welt ist mir oft verschlossen geblieben, aber hier nicht. Niemand außer mir hat gesehen, wie die Kleinen Zähne kriegen, doch, die schwedischsprachige Krankenschwester, die mir eine Brille besorgen wollte und es dann wieder vergessen hat. Niemand außer mir hat den Kleinen die Haare geschnitten, ihnen den Milchbart abgewischt und den Hintern geputzt. Dies ist mein Platz, und wenn Viljami das erst einmal begreift, hat es keine Not. Wozu alte Sachen aufwärmen und an der falschen Stelle Erde aufwühlen.

Damals zählte ich nicht, ich musste mich stets abseits halten und so tun, als würde mir das nichts ausmachen. Immer zu mickrig, zu jung, zu hässlich, an dir gemessen ein elendes Ding, doch jetzt bin ich eine andere. Die Zeit ist eine andere. Dich gibt es hier nicht mehr, deine besondere Art, mit der du mich erniedrigt hast. Die war furchtbar. Auch diese Sache am Ufer, zum Glück habe ich nicht alles gesehen. Wie du Viljami dein Gesicht mit den zittrigen Wimpern hingehalten hast. Der Stamm der Birke war weiß, etwas öffnete sich. Ein Schaudern, nasser Glanz auf den Lippen, auf den Wangen fleckiges Rot. Ich hörte nicht, was geflüstert wurde und dass dieses Wort gar nicht so hässlich klang und die Antwort ein Befehl war, ein Wunsch, der sich erfüllte. Die unteren Äste der Birke streckten sich in den See, schnell und heftig, vor und zurück. Ihr habt mich nicht gesehen. Wann habt ihr mich schon je richtig gesehen, dabei waren ich es doch, die eine Sehschwäche hatte.

Was ist das für ein Gefühl, das keinen richtigen Namen hat. Ein böses Brennen, Neid, Aufruhr und Wahn zugleich. Ich war mit den Scheuerlappen auf dem Weg zur Sauna, da packte es mich, unter mir wankte die Erde, im Mund wurde die Zunge dick. Angst hatte ich keine, das nicht, aber ich hörte und wusste alles, auch das Ende. Einmal sah ich es ganz klar. Ich hätte ans Ufer gehen, dich unter Wasser drücken und mich an deine Stelle setzen können. Wenn ich das nur ein Mal gedurft hätte, ein einziges Mal, es hätte alles wettgemacht. Dafür hätte ich dich umbringen können.

Ich bin nicht du. Du hattest dunkle Augenbrauen, funkelnde Augen und immer rote Lippen, warst überall weich, nur in deinem Wesen nicht, und deine Haare wellten sich, wie zum Hohn auf meine platten Strähnen. Ich hasste dich. Hörst du, Lempi, ich hasste dich. Aber deinen, nein, meinen Kindern stelle ich Essen auf den Tisch. Sie hasse ich nicht, denn nun gehören sie mir, und im Grunde waren sie nie deine. Wenn du krank warst oder einfach bloß im Bett lagst, war mir das nur recht. Als du Aarre zur Welt brachtest, hast du geschrien wie am Spieß, mal nach Gott, mal nach deiner Schwester Sisko. Ich wünschte dir tiefe Risse und ewige Schmerzen. Wieso wolltest du mich überhaupt dabeihaben, wohl damit ich alles sehe, du dachtest vielleicht, ich bekomme nie ein Kind, bin für immer die alte Jungfer, das Kindermädchen, die Magd, die Hebamme, werde nie eine Frau und als Frau geachtet. Du hast gebrüllt und dir den blaugeäderten Bauch aufgekratzt, ein Wunder, dass Antero nebenan nicht aufwachte.

Ja, ich hasste dich, auch wenn ich mir zuerst etwas anderes vorgenommen hatte. Ich versuchte, dankbar zu sein. Aber dann hast du zu mir gesagt, wenn du mal lächeln würdest, wärst du netter anzusehen. Ich hasste deine Haut, die immer weich und warm war, deine Beine, auf denen kein Härchen wuchs, deine Stimme, die beim Singen in den Ohren schmerzte. Und du hattest dir Viljami geschnappt, dafür hasste ich dich am meisten. Dabei hätte ich an deiner Stelle sein können. Aber verglichen mit dir war ich niemand. Ich war unwichtig, mich gab es gar nicht, ein Pflasterstein, ein Treppengeländerstab. Ich war die hässliche, mickrige, stinkende Arbeitskraft, mit blutigen Fingern und kurzsichtigen Augen.

Ja, ich wünschte dir den Tod. Ich betete. Gott, nimm diese nichtsnutzige Stadtgöre, diese verdammte Metze fort, diese an elektrisches Licht und Radio gewöhnte Samtsaum-Schlampe, diese Nagelfeile. Das Schlimmste waren die glühenden Blicke, die Viljami dir zuwarf, dabei warst du zu nichts nütze, ließest dich bedienen, kaum dass er wegsah. Schamlos, wie er dir die Pobacke streichelte, auch das ist mir nicht entgangen. Ihr habt gedacht, ich wäre nur eine Salzsäule, ein Findling, ein Kübel, eine Milchkanne, aber ich kann sehen und erst recht hören und merke alles. Ich betete und betete, nutzte Zauberkniffe und sämtliche Zeichen, die ich kannte oder mir so mühelos ausdachte, als hätten sie immer schon auf ihren Einsatz gewartet. Das schwächste Glied kann die stärkste Kraft haben, die immer weiter anwächst, mit jeder Verletzung, Schmähung, Misshandlung. Du wusstest ja nicht, was ich bereits in der Wirtschaft erlebt hatte, was ich dort hatte sehen und hören müssen. Man braucht keine fremde Sprache zu können, um zu verstehen, was über einen geredet wird.

Nie habe ich mir eingebildet, ich würde Viljami verdienen. Man kann einen Menschen nicht verdienen, es gibt keine Belohnung für gute Taten. Aber wenn man zur rechten Zeit am rechten Ort ist, dann bleibt er an einem kleben und kommt nicht mehr los. Mit ihm kann ich die werden, die ich bisher nie sein konnte. Mit ihm an meiner Seite werde ich gut, schön und richtig. Und freundlich und warm, wenn er mir übers Haar streicht. Durch seinen Mund werde ich die sein, zu der ich bestimmt bin. Ich werde in seine hellblauen Augen schauen, und wenn er ebenso zurückschaut, werden wir glücklich. Mit ihm bin ich endlich zu Hause, dort, wo ich hingehöre.

Mit ansehen zu müssen, wie du dein Spiel mit ihm getrieben hast und er dich anbetete, war widerwärtig, und ich tröstete mich damit, dass das Ende abzusehen war, man hörte ja auch in Pursuoja davon. Irgendwann musste Viljami fort, genau wie schon Johannes Heikkilä, sie waren alt genug, um eingezogen zu werden. Wir verloren ihn beide. Als wir allein auf dem Hof zurückblieben, standen wir uns ebenbürtig gegenüber, beide ohne ihn. Es hatte auch sein Gutes.

Als es bei dir im neuen Jahr, nachdem Viljami weg war, mit dem Würgen und Erbrechen begann, wurde meine Arbeit noch anstrengender. Nur blutige Laken musste ich keine mehr waschen. Es war also doch geglückt, Viljami hatte dir etwas zurückgelassen, und du konntest nun etwas Größeres heranzüchten als deine feinen Fingernägel. Ich war schadenfroh und glaubte, das wird das Ende. Dass du genauso eine breite Muttersau wirst wie all die anderen Frauen auf den

Höfen. Das Stillen würde deine Brüste auslaugen und dein Leuchten auslöschen, und Viljami würde sich fragen müssen, was er mal an dir fand. Das Kind würde jede Nacht brüllen, und dein Name wäre nur noch ein Witz, soso, Lempi, Liebe. Ich aber hätte gut lachen, wenn du der alten Leidenschaft nachtrauern und so gewöhnlich werden würdest wie die anderen Frauen. Schlaff, breiter Hintern, raue Hände, fusselige Flanellhemden.

Und doch war es fast zu viel für mich. Unter deinem strammen Bauchfleisch wohnte Viljamis Kind. In der Sauna lagst du träge auf dem Rücken, lehntest die Beine an die Wand und streicheltest deinen aufgequollenen Bauch. Ich saß mit Antero auf den untersten Brettern und goss vorsichtig Wasser über seinen Kopf, mit sanftem, dünnem Strahl. Er griff nach meinen Haaren und zog mich zu sich. Da, in dem schummrigen Raum, im roten Licht der brennenden Holzscheite, sah ich ihn, wie er war, so genau, wie du ihn nie gesehen hast. Ich war ihm näher als du. In seinen Augen leuchtete ein Frühlingslicht, und ich wusste, dieses Licht muss ich beschützen, es darf nicht ausgehen. Anders als bei mir. Du Listige, du hast auch das zerstört, mir befohlen, einen Aufguss zu machen und gefragt, was ich über das Gebären wüsste.

In den langen Wochen vor Viljamis Ankunft habe ich oft darüber nachgedacht, wie es wäre, ein Kind von ihm zu erwarten. Während ich Leinikki melkte, sagte ich mir, ruhig Blut, geh nicht zu schnell auf ihn zu. Ich würde erst beweisen müssen, wie nützlich und wichtig ich war, gleichzeitig musste ich im Hintergrund bleiben, wie der Stubentisch, die Holzkiste oder die Heuhaufen. Wenn ich mich beherrschte, würde er von allein kommen, so waren doch die Männer. Und dann würde ich ihn überraschen mit Freigebigkeit und Wärme, und wäre ich erst schwanger, müssten wir heiraten, ein Naturgesetz, kein Betrug. Wir würden den Jungen gute Eltern sein, es passten noch reichlich Kinder in diese Welt, und erst recht auf diesen Hof. Vielleicht würden es auch Mädchen werden, schöne und kräftige, die ihren Platz in der Welt leichter fänden als ich. Ich habe ihn erst an diesem Uferstück gefunden.

Du hast mich einmal beim Backen darauf angesprochen, wir machten Teig für Gerstenfladen, und du tatst plötzlich ganz fraulich und erfahren, wolltest mich anleiten – du! Mit Aarre im Bauch, schon bestens zu sehen. Elli, du hast wohl noch keinen Bräutigam in Aussicht, fragtest du, wagtest du zu fragen. Hast am Tisch gesessen und warst wieder mal nur im Weg. Glaubtest mitzuhelfen, indem du zugesehen hast, wie immer. Du wusstest genau, dass ich keinen hatte. Nein, ich habe keinen. Du fragtest frech weiter: Hättest du denn gern einen? Nach dem Krieg? Meine Finger zitterten, ich steckte sie tiefer in die Teigschüssel. Das Gerstenmehl, das ich dazugeschüttet hatte, fühlte sich kühl an, unten in der Schüssel war der Teig wärmer und schlug Blasen. Die Luft im Raum war stickig, mein Gesicht heiß. Du warst die Höherstehende und wusstest, wie du mich verletzen konntest. So fragt man kleine Kinder: Na, gibt es da jemanden, den du magst? Du hast mich angeglotzt und mit deinen dummen

Gluckenflügeln ein bisschen Mehl auf dem Tisch zusammengeschoben. Der Teig braucht mehr Mehl, sagte ich, und der Herd mehr Holz, schnell. Ich war so wütend, dass ich deinen Kopf ans Gemäuer hätte knallen können. Fast sah ich das Blut schon fließen und überlegte, wie ich es beseitigen könnte. Ich drängte den Gedanken fort, schluckte alles runter, wie immer, und antwortete seelenruhig: Nein, ich glaube nicht, das kommt für mich nicht in Frage. Die sind doch alle an der Front, die wenigen Freien, und dann ich, also nein, bestimmt nicht, so hatte ich zu antworten, und das tat ich. Du zucktest mit deinen Gluckenschwingen, wandtest den Kopf ab und sagtest leise, glaubtest wohl einfühlsam zu sein: Falls es einmal so weit ist, musst du rechtzeitig mit mir reden. Jemand anderen loben, das konntest du nicht, das wäre ja noch schöner, aber immerhin hast du gesagt, wie nützlich ich sei und dass du ohne mich in der Klemme wärest. Und dass du mit mir dann auch über die körperliche Seite reden würdest: Wir sind doch neue Frauen, in einer neuen Zeit, nicht wahr?

Angeblich hattest du ein Buch gelesen, das einem alles beibrachte, das würdest du mir auch besorgen, wenn es so weit wäre und nötig wurde.

Nötig! Lächerlich.

Bücher brauche ich dafür nicht.

Schon von Anfang an hätte Viljami mir gehören können. Wir hätten ein Paar werden können, doch dann kamst du, wie ein neues Pferd in einem Rennen, ein Trumpf in einem Kartenspiel. Wie ein unerwarteter dicker Fisch ganz hinten im Schleppnetz. So hast du hinter Viljami die Wirtschaft betreten. Die Tür ging auf, ein Paar trat ein, und erst habe ich Viljami gar nicht erkannt, nicht einmal gesehen, du hast allen Raum eingenommen. Manche Leute sind so, verbrauchen sämtlichen Sauerstoff. Umgeben sich mit einem seltsamen Licht, und sobald sie in die Stube treten, werden alle anderen unsichtbar, und unsereins bleibt im Dunkeln. Ihr Licht strahlt nicht auf andere ab, nicht in die dunklen Ecken und Winkel, und aus ihrem Licht heraus sehen sie nicht, dass auch wir Menschen sind, mit Wünschen, Angst und Trauer, oder mit verborgener Trauer. Wenn wir fehlen, merkt das keiner. Höchstens, einer ärgert sich über den Dreck und das Durcheinander und kapiert, wie lange es dauert, bis endlich das Essen auf dem Tisch steht und die Kinder sauber und satt sind. Dann denkt er vielleicht, wo ist bloß Elli, aber eine neue ist schnell gefunden, unsereins steht doch Schlange. So sieht es aus.

Das alles ahnte ich, als ihr in die Wirtschaft kamt, die alte Tante deckte schnell frische Tassen auf und herrschte mich an, Kaffeeersatz einzuschenken. Deine Schwester und dich kannte man überall. Du protztest mit angemalten Lippen, als frisch getraute Braut, schon da hätte ich dein wahres Wesen erkennen können. Dein pelzbesetzter Mantelkragen war geschlossen, obwohl das viel zu warm war für drinnen, doch wo ich bereits schwitzte, blieb deine Haut matt und trocken. Mit klackenden Absätzen kamst du auf mich zu, hast mir die Hände auf die Schultern gelegt, näher, näher, und mich gebeten, dir in die Augen zu sehen. In meiner Rechten zitterte die Kaffeekanne, neben uns redeten leise Viljami und die Tante. Über mich.

Dass ich bestimmt mitkommen würde. Wie besprochen.

Die Tante hatte ja noch eine zweite Hilfe, Annikki, dünn und schmächtig, aber die würde das irgendwie auch alleine schaffen. Pah, diese Sklavenarbeit, Holzscheite schleppen, Bettwäsche auskochen. Ich wagte es kaum zu glauben, aber ich würde die Wirtschaft endlich hinter mir lassen.

Du hieltst mich weiter an den Schultern fest und sahst mich an. Was das wohl sollte. Dann hast du die Augen schmal gemacht, schelmisch und als fändest du dich spaßig. Du schautest zu Viljami und wieder zu mir und sagtest, wir würden die besten Freundinnen werden und es furchtbar lustig haben in Pursuoja, wir Mädchen, ha, wir würden das Zepter in die Hand nehmen. Als Antwort knickste ich. Ich wusste nicht, wie mir geschah, ich kam weg von der strengen Tante, von der armen Annikki. Von den zwielichtigen Wanderern und Waldarbeitern, ihren kneifenden Händen, dem bösen Lachen, und von den Deutschen und ihren fremden Worten.

Ich wusste natürlich, wer du warst. Die wichtigtuerische Abituriententochter des Kaufmanns. Und deine Zwillingsschwester war die Braut eines Deutschen, das wussten alle. Und du nahmst dir Viljami! Wolltest auf seinem Hof die Bauersfrau werden! Dabei hattest du in der Schule mit feinen Seidenstrümpfen in der Bank gesessen. Und dir daheim, wann immer du wolltest, von Vaters Zuckervorrat aus dem Laden genommen. Was bildetest du dir eigentlich ein? Dass du auf dem Hof in der schlanken Birke schaukelst und Singvögel bestaunst? Dass du hinten im Boot sitzt und Viljami dich rund um den See rudert? Dass du auf dem Steg liegst, Illustrierte liest und ich dir Kaffee serviere? Das alles musste eine fixe Idee sein, ein Hirngespinst, böse Lust auf ein kleines Abenteuer! Brauchtest wohl auch selber einen Kerl, wo deine Schwester schon einen hatte.

Und oh, was haben sie dich bewundert! Gustava Heikkilä schwärmte, was die feine Dame doch melken und backen kann, ist gar keine feine Dusselliese, sehr lernwillig noch dazu, und das wiederholten die Leute dann überall, als wäre es ein Wunder. Noch jetzt kommt mir die Galle hoch. Wärmer hätten die Leute am Seeufer dich nicht empfangen können, das muss man sagen, ohne Vorurteile nahmen sie dich auf. Doch das lag einzig und allein an Viljami, dem Armen, dem alle nach dem vielen Elend eine anständige Portion Glück wünschten. Aber diese übertriebene Lobhudelei! Reinste Blindheit und Dummheit. Ich war es, die die Arbeit getan hat.

Ich kochte die Harzsalbe, ich band die Birkenquaste. Ich kalkte die Wände in der Stallküche, ich zog das schleimbedeckte Kalb aus der Kuh. Ich schlug die Butter, schrubbte die Teppiche, strich die Veranda, kochte den Brei, nahm die Fische aus. Ich fegte, bürstete und scheuerte. Mit schlechten Augen und krummem Rücken. Du saßt immer nur am Tisch oder vor dem Spiegel. Zogst deine Handschuhe an und wieder aus, stelltest die Bilder auf der Kommode um. Starrtest auf den See oder die Straße, wartetest auf Post, schriebst Briefe. Am Anfang hast du dir noch Mühe gegeben, doch bald warst du mit den Gedanken stets woanders. Wenn aber Viljami reinkam, wurdest du putzmunter und zirptest: Schau, Elli und ich haben Kartoffeln mit Maränen gekocht, komm, probier. Sowas Verschlagenes! Ich hatte schleunigst zu verschwinden, und wie man das macht, wusste ich ja. Von tüchtigen Helfern will man nur die Hände und die getane Arbeit sehen, mehr ist nicht erwünscht.

Ich hatte gedacht, meine Augen wären schon lange leergeweint. Bei der Tante war sowieso keine Zeit für sowas gewesen, wer hätte meine Wangen dort auch trockengewischt. Doch in der Nacht vor unserem Aufbruch von Pursuoja, als ich mit den Kleinen in dem großen Bett lag, strömten die Tränen nur so. Die Schuhe standen schon bereit, Antero hatte ich die Jacke übergezogen, er wälzte sich im Schlaf hin und her. Der kleine ungetaufte Winzling, den ich Aarre nannte, Kostbarkeit, schlief ebenfalls. Nur zwei, drei Stunden, dann würden wir den Hof verlassen und ohne Zuhause sein.

Ich hatte meine Hände und auch das Messer gründlich gewaschen und mich zu den Kleinen aufs unbezogene Bett gelegt. Da erst begriff ich, dass Aarre, der ja erst wenige Stunden alt war, noch nichts zu essen bekommen hatte. Ich knöpfte meinen Mantel und die Bluse auf, legte mich auf die Seite und streichelte dem Winzling über die Wange. Behutsam weckte ich ihn und versuchte, ihm meine Brust zu geben. Ich hoffte auf ein Wunder, anders ginge es nicht. Die Kühe waren schon weg, die letzte Milch getrunken. Zwei kleine Rosenknospen stießen aufeinander, sein kleiner Mund auf meine schwache Zitze. Erst verzerrte sich sein Gesicht, dann meins. Nichts, leer. Ich weinte ohne Geräusch, wollte Antero nicht stören. Ich fürchtete, Aarre würde mir wegdämmern und nicht wieder aufwachen.

Zum Glück fanden wir gleich morgens auf der Reise Hilfe, auch später am Ziel. Aber die Stunden in der dunklen Nacht, als die Verzweiflung durch den Raum kroch und uns zudeckte, haben in mir etwas geweckt, das du nie haben wirst.

Manche Dinge, die weiß man schlicht und sieht sie ganz deutlich. Jener Tag im Frühling war es, mit dem alles begann. Als Heikkiläs Wagen schließlich hielt und ich mich hochrappelte, ich hatte auf der Ladefläche gesessen, steif vor Kälte, war es klar. Von oben besah ich den Hof. Ich wusste gleich, dass das Licht aus der richtigen Richtung schien. Das Haus stand, wo es stehen muss, daneben der Stall, da der Hund und dort das Ufer, das ist es, dies ist mein Haus und mein Hof, meine Sauna, mein Vieh. Zum ersten Mal im Leben kam ich nach Hause. Warum das so war, weiß ich nicht, aber irgendwie passte der steinerne Hofweg genau unter meine Fußsohlen, und das Himmelsblau war hier viel näher, fast greifen konnte ich es.

Die Wohnstube hatte denselben Schnitt wie im Haus der Tante; ich lernte schnell, was wohin gehörte. Und Viljami hatte bestens Ordnung gehalten, trotz allem, auch wenn du ihn zum Spaß gerügt hast. Gleich an der Tür kam einem der vertraute Geruch entgegen: Holz, Staub, Kaminsteine und viele Hoffnungen, die sich für manche erfüllten, für andere nicht. Bei denen schwelten sie weiter.

Als ich kam, war ich eine kleine Dreingabe, ein Stückchen Zuckerhut, das man beim Einkauf obendrauf kriegt, ein Extrastäubchen Mehl in der Kilotüte. Und du warst die Braut. Trotzdem sind von Anfang an zwei Frauen bei Viljami eingezogen und haben später auf ihn gewartet. Viljami hätte nie mit dir anfangen dürfen, nie! Du warst nicht die Richtige für ihn, du verdammtes Kuckuckskind, Brut von einem Vielfraß! Da konntest du noch so freundlich tun. Ach Elli, ich hoffe, du fühlst dich wohl bei mir. Aber ich habe dich durchschaut.

Ich erinnere mich, wie ich die Stirn an Kukkas Fell drückte, die alte Kuh von Heikkiläs, und über diese Dinge nachdachte. Es war früher Morgen, Kukka versuchte schon seit zwei Tagen, ihr Kalb rauszupressen. Hilf uns, hatte Gustava Heikkilä gebeten, halt du diese Nacht Wache, vielleicht kommt es endlich. Los, geh, hast auch du zu mir gesagt. Nach Mitternacht gab Kukka auf, mit Schaum vor dem Mund.

Erschöpft legte ich mich neben sie, dabei hätte ich den alten Heikkilä holen müssen. Als ich zurück nach Pursuoja kam, ging ich schnurstracks in die Sauna und wusch mich. Du hattest mir saubere Kleidung hingelegt und mein Bett frisch bezogen. Auf dem Hocker neben meiner Matratze stand ein Teller mit Butterbroten, darunter lag ein Zettel in krakeliger Handschrift, ich solle ruhig ausschlafen. Auf dem Kopfkissen lag eine Trollblume, schlaff und verwelkt.

Wie viel Zeit dich das Beziehen des Bettes wohl gekostet hat? Morgens hast du manchmal in Gedanken versunken den dummen Spitzenrand über der Decke glattgezogen oder an etwas anderem herumgepusselt und verlegen gesagt, mit roten Wangen, obwohl auch das nur wieder Dreistigkeit war, Oh je, da heißt's wohl wieder Bettwäsche waschen, und das mit dieser süßlichen Stimme, pfui Teufel! Ich gab mir alle Mühe, dich echtes Arbeiten zu lehren, Bodenschrubben, Breikochen, Euter anfassen, aber du warst eine Niete. Schautest aus dem Fenster, hast in der Zeitung geblättert, machtest den Schrank auf und wieder zu, bist mit einem Lappen umhergetrippelt und hast getan, als würdest du Staub wischen. Ein leichtes Leben, viel leichter, als den ganzen Tag im Geschäft zu bedienen. Und du hast es sogar gewagt, überall zu erzählen, wie tüchtig und fein du deinen Platz auf dem Hof eingenommen hättest! Ha, ich war es, die diesen Platz eingenommen hatte! Hätte es dich nicht gegeben, wärst du nicht hergekommen, hätte Viljami nicht weggehen müssen und in Frieden leben können! Der Krieg hätte uns verschont. Den einzigen Menschen auf einem kleinen Hof ziehen sie nicht ein, nicht bei der ersten und auch nicht bei der zweiten Rekrutierung. Aber als du kamst, da konnten sie sich den tüchtigen Viljami holen.

Ich bin lange in der Sauna gewesen, habe Viljamis Kleider gewaschen und mich. Ich sitze in der Wärme und lasse mir all diese Dinge durch den Kopf gehen. Wie kann ich Viljami zeigen, dass es keinen anderen Weg gibt, nur mich? Er muss an die Jungen denken, ganz einfach. Als ich ins Haus hinübergehe, ist der Himmel pechschwarz. Bedeckt, keine Frostnacht heute. Drinnen ist niemand zu sehen und alles still. Beinahe, als wäre ich allein im Haus, aber ich merke, Viljami ist in der Nähe. In der Luft liegt ein anderer Geruch, vielleicht ein anderes Gefühl. Da wird mir klar, dass ich ja die ganze Zeit in seinem Bett geschlafen habe, mich darin eingenistet habe, und dass das nicht recht war. Viljami wird es gemerkt haben und verärgert sein, er wird mich rauswerfen. Was bin ich doch für ein dummes, einfältiges Ding, noch immer.

War die Sauna noch warm genug? Die Worte kommen vom Tisch, ich bin in der Wohnstube. Er spricht merkwürdig, tiefer und langsamer, als müsse er nach jedem Wort schlucken. Aber ja doch, ja, und ich lebe von den Brosamen auf dem Tisch, wenn ich nur bleiben darf. Viljamis Stuhl quietscht, ich bleibe gebannt stehen, wie eine läufige Hündin. Ich höre, wie er aufsteht, die Dielen knarren, er kommt auf mich zu. Die Luft wird dichter, einer muss etwas sagen.

Das bin ich: Ich habe in dem großen Bett geschlafen, sage

ich. Aber ich verrate nicht, dass ich das Laken gestreichelt habe. Dunkel ist es, im Hof krächzt eine Elster, bei Heikkiläs brennt noch Licht. Was mit mir werden soll, diese Frage schwebt im Raum, einer von uns beiden muss etwas sagen, und das ist er. Dass er so eine brüchige Stimme hat.

Ich war nie diejenige, die sagt, wo es langgeht. Bei den Jungen, ja. Sie sind klein. Aber bei Erwachsenen bin ich die, der befohlen wird. So ist es, das ist mir wohlbekannt, aber weil er zittrig klingt und für mich bestimmt ist, wachse ich ein Stück über mich hinaus. Ich bleibe hier, höre ich mich sagen, es ist doch sonst viel zu schwer für einen. Eine Antwort brauche ich nicht abzuwarten, er überlässt mir die Führung. Ich mache mein Bett auf der Küchenpritsche und schicke ihn in sein eigenes, und so ist es dann.

Ich strecke mich aus und lausche. Bei Viljami ist es mucksmäuschenstill. Als ich glaube, er schläft, beginnt er sich herumzuwälzen, atmet schwer, prustet. Du quälst ihn noch immer. Oder die Liebe, von der du dauernd geredet hast. Was weiß ich schon, was das ist. Liebe, davon reden die feinen Leute, ich gehör zum Arbeitervolk. Ich bin eine brünstige Kuh, eine Katze, die im Frühling laut maunzt. Wie kommt diese Hitze in den Leib? Ich habe Hunde und Bullen beobachtet, die Tiere alle. Jetzt fühlt es sich an, als bräche es aus mir selbst hervor.

Dabei habe ich so mageres Fleisch und dünne Haare und Lippen, und trotzdem drängt es nach außen und leuchtet durch die Haut. Wenn mich der Richtige ansieht, weiß er es sofort. Darauf habe ich von Anfang an gebaut, so würde es kommen, Viljami würde es merken, spätestens dann, wenn wir dich endlich los sind, Lempi. Wenn du die Maserung der Holzbalken und den Seeblick aus dem Fenster auswendig kennst und deine Spielchen satthast, dann ist es vorbei, so dachte ich mir. Wenn du weg bist, sieht er, was er an mir hat, was ihn erwartet und sich nach ihm ausstreckt. Dann, endlich. Ich weiß noch, wie Leinikki zusammenzuckte, als ich bei diesen Gedanken das Melktuch zu stark auswrang und den Milchbottich auf den Boden knallen ließ.

Alles ist an seinem Platz in diesem Haus. Soll Viljami morgen ruhig eine Runde machen und es nachprüfen, da wird er merken, wie sorgfältig ich auf alles achtgegeben habe. Am Waschtisch steht frisches Wasser, die Kleider liegen sauber im Schrank, die Kühe geben reichlich Milch, fettige Milch, und niemand hier hat Magenknurren, die Kinder nuckeln nicht und werden gut von mir versorgt. Alles ist, wie es sein soll, sogar das Hochzeitsfoto steht auf der Kommode.

Du sitzt links, Viljami rechts. Ich stehe hinter euch und schaue in die Kamera. Nur als stumme Zeugin, als Zaungast, mehr konnte ich ja nicht sein, aber du wolltest mich unbedingt mit im Bild haben. Du wärst an die Anwesenheit deiner Schwester gewöhnt, und ich solle deine neue Vertraute werden. Du hast mich in ein altes Kleid von dir gesteckt, mir die Haare eingedreht und hinter die Ohren gestrichen, los, los, und jetzt das Foto, ha, als hätte Viljami gleich zwei Bräute, nicht wahr? Dabei lächeltest du so freundlich, als könntest du keinen bösen Gedanken fassen. Ich hätte es besser wissen müssen.

Erst später ging mir auf, wie garstig das war: Ich und eine Braut, nie im Leben – und genauso hast du es gemeint. Ich war das fünfte Rad am Wagen, so ungefährlich, dass du ruhig deine Scherze mit mir treiben konntest. So lief es mit dir immer. An offene Gemeinheiten und böse Worte war ich gewöhnt, an Schelte und Schläge, aber nicht daran, abends auf meiner Matratze festzustellen, dass hinter freundlich klingenden Sätzen Bosheiten lauerten. Wenn das die Art von Bildung ist, die man in der Schule lernt, dann habe ich mich umsonst gegrämt, nicht länger dort gewesen zu sein. So dachte ich mit zusammengebissenen Zähnen.

Ihr sitzt, ich stehe. Deine Haut ist blasser als im Sommer, Viljamis Hemdkragen sieht noch feucht aus. Ich war dicht hinter euch, konnte eure ungleichmäßigen Atemzüge und das Missverhältnis zwischen euch spüren. Ich sah, dass Viljamis Nackenhaar unsauber geschnitten und sein ganzer Körper angespannt war. Du hast gekichert, gewitzelt und wolltest uns einfachen Leuten zeigen, wie man beim Fotografieren zu sein hat, fröhlich und locker, nicht steif, und das war frech und gemein. Auch wenn ich nur die bin, die ich bin: Ich sah alles glasklar. Auch, wohin es führen würde. Beim Gedanken an das, was die sogenannte Liebe Viljami bringen sollte, spürte ich es im Bauch brodeln, und eine Welle von Mitgefühl stieg in mir hoch.

Du hast dich zu mir umgedreht und gefragt, ob deine Frisur noch gut säße, dabei lösten deine Haare sich nie, das erfuhr ich später. Immer lagen sie säuberlich an deinen Schläfen, sanft von der Natur gewellt, nie standen sie elektrisch aufgeladen ab. Ich beschloss, das Foto mit einem Zeichen zu versehen, nur für mich selbst, und das tat ich. Sicher genug dafür war ich, das Wissen um das, was kommen würde, war schon da. Daran wollte ich mich erinnern können und es aufs Bild bannen. Als ich mich hinter euch stellte, lehnte ich mich kurz an Viljamis Rücken, nur eine Sekunde, und übermittelte ihm damit die Botschaft, dass hier zwei Frauen standen. Ich tat, als wäre ich gestolpert und hätte mich abstützen müssen. Den rauen Wollstoff der Uniform fühlte ich noch lange danach. Die Bewegung zu ihm setzte sich in mir fort, drückte etwas in mir fest zusammen und ließ es wieder frei. Genauso fest hielt meine Faust das Haar umfasst, das ich von Viljamis Schulter gepflückt hatte. Woher ich sowas wusste, schwer zu sagen, ich tat es einfach, und abends verknotete ich sein Haar mit einem von mir und verbrannte sie zusammen über einer Kerze.

Und noch etwas tat ich. Ich machte mit der rechten Hand ein Zeichen, genau in dem Moment, als der Fotograf uns stillzuhalten bat. Ich machte es hinter deinem Rücken, du selbstzufriedene, Lippen schürzende Lempi, die alles bekam. Ich schmuggelte ein Zeichen auf dein Hochzeitsfoto, und da ist es bis heute. Es hat Wirkung gezeigt. Es ist das schlimmste Zeichen, das ich kenne, und es lebt. Für mich bedeutete es einen neuen Anfang, und tatsächlich, am Ende bin ich es, die in deinem Bett schläft. Und bald schon werde ich es sein, die deinen Mann wie eine Decke über sich zieht, er wird mich wärmen und erfüllen.

Kaum war Viljami an der Front, habe ich darüber nachgedacht, welche Möglichkeiten es gäbe. Aus dem Boot stoßen. Mit einem Kuhhorn erstechen. Gift. Am besten wäre ein russischer Fallschirmjäger, der dir abends an der Stalltür die Kehle durchschneidet. Das würde nicht weiter untersucht, sowas passierte eben, das wussten alle, vor allem seit dem furchtbaren Gemetzel der Partisanen in Lokka. Auch da mussten die Leute weitermachen und ihrer Arbeit nachgehen, Tag für Tag. Im späten Winter, kurz vor dem Frühling, wurdest du immer schreckhafter und ängstlicher. Ständig hast du den elenden Zeitungsartikel rausgesucht und vorgelesen, obwohl ich sagte, Antero versteht sicher mehr, als wir annehmen, und fürchtet sich am Ende noch vor seinem eigenen Schatten. Trotzdem hast du die Stelle mit der Bestattung wieder und wieder vorgelesen, mit brüchiger und aufgeregter Stimme, einundzwanzig schuldlose Dorfbewohner, und wie weit ist es von dort bis hier, hast du gefragt. Auf dem Hof bliebst du öfter stehen und schnuppertest, ob auch ja kein Tabakgeruch in der Luft lag. Kaum wurde es dunkel, hast du unruhig in die Ecken gespäht und dich nicht mehr aus dem Haus getraut. Dich nur noch zum Füttern des Kleinen bereitgehalten und es nicht ertragen, wenn Antero sich mit Brei einschmierte. Irgendwann nicktest du mit dem Kopf Richtung Tür, tatst ruhig und gelassen und sagtest: Zeit zum Abendmelken, Elli, wie spät mag es sein? Dabei wusstest du genau, wie spät es war, doch das gehörte zu deiner feinen, überheblichen Art, allein schon der Ton, und in Wahrheit hieß das, du warst bereit, mich zum Abschlachten freizugeben. So hast du mich auf meinen Platz verwiesen.

Mein Platz! Was soll das überhaupt sein. Ich bin die Magd, überflüssig, lästig. Halt dich fern, drohte die Tante, wenn sie abends in der Wirtschaft die Münzen und Scheine zählte, das Haushaltsbuch aufklappte und eine lange Zahlenreihe in die Plus-Spalte eintrug. Zum Wäschewaschen war ich gut genug, zum Abschöpfen des Blutschaums beim Rindersuppekochen, auch für Holzarbeiten taugte ich, jedenfalls zum Einsammeln und Stapeln der Scheite. Mein Platz war der einer Leibeigenen, mein Bett stand in der Küchenecke, meine Aufgabe war das Feuermachen am frühen Morgen, bei der Tante wie auch bei dir hatte ich stets als Erste wach zu sein. Der Tante bin ich tüchtig auf die Nerven gegangen, das bekam ich oft zu hören: Ich kriegte die Bettwäsche nicht faltenfrei in die Mangel, konnte keinen Kaffee einschenken, ohne zu plempern, sagte nie rechtzeitig Bescheid, wenn sich auf dem Fluss oder der Straße Soldaten oder Wanderer näherten, deckte nie früh genug das Geschirr auf. Aber dass mal jemand nach meinen Augen gefragt hätte? Nein. Wenn ich mir die Hand vor die Augen halte, erkenne ich meine runden, rosa Fingernägel, die weißen Monde, und innen in der Handfläche eine lila Lebenslinie, die eigenartig aussieht. Jedenfalls sagte das mal ein alter Skoltsame in der Wirtschaft. Er schloss meine Hand zur Faust, nahm sie in seine warmen, rauen Pranken, schüttelte den Kopf und meinte, an diese Sachen bräuchte man nicht mehr zu glauben, nicht mal hinter Inari täten sie es. Er sah mir lange in die Augen und hielt meine Hand umschlossen, gut fühlte sich das an, und brummte schließlich: Du wirst es schaffen. Und das stimmt.

Ich habe das Hochzeitsfoto oft angeschaut, es vorsichtig von der Kommode genommen und mir dicht vor die Augen gehalten. Auf dem Bild bin ich vollständig da. Meine großen Augen blicken über die Kamera hinweg, doch woher hätte ich wissen sollen, wo man hinsehen muss. Mein Hals ist weiß und lang und ragt aus dem Kragen, als wäre er ein eigenständiges Wesen. Dein altes Kleid schlackert um meinen dünnen Leib, der auch jetzt noch dünn ist, der Bauch eine Kuhle zwischen den Hüftknochen, den Gürtel mit dem Messer muss ich eng schnallen, damit er nicht runterrutscht. Ich stand dicht hinter euch und konnte euch beide riechen. Ihr habt anders gerochen als ich. In dein Kleid habe ich meinen Achselgeruch gegeben, und obwohl ich es wusch und bügelte, wolltest du es nicht wiederhaben. Auch damit hast du mir gezeigt, dass wir aus verschiedenen Welten kamen, dass ich was weiß ich für eine ansteckende Plage und nur knicksende Demut war, eine Person, der man ein Almosen gab. So verweist man Bedienstete auf ihren Platz, so, wie du mir am ersten Tag mein Bett in der Küchenkammer zugewiesen hast, aus der ich alles hörte. Genauso gut hättest du mich zu den Tieren in den Stall schicken können.

Ich ließ deine Gesten und dein Gerede an mir abprallen, wenn wir abends nach dem Melken, während Antero schon schlief, am Tisch saßen und stopften und strickten. Immer wieder hast du gestöhnt und dir über deinen aufgequollenen Bauch gestrichen, irgendwann hast du es kapiert und es bleiben gelassen. Aber dann hast du mit der Unterlippe gebib-

bert, als würdest du jeden Augenblick losplärren, ich habe
es genau gesehen. Du Heulsuse, für Viljami grundverkehrt,
sowas von verkehrt! Wir sahen auf unsere Stopfarbeiten,
und ich hielt mir den Strumpf dicht vor die Augen. Doch im
Grunde wussten meine Finger auch so, was sie zu tun hatten. Ich schickte böse Zeichen zu dir rüber, malte sie über
deinen Kopf und verstärkte sie durch meine Gedanken. Nach
drinnen horchte ich auf Anteros Atemzüge, nach draußen
auf Schritte, die der knirschende Schnee sofort verraten würde. So war es überall, in allen Häusern lauschten sie, seit
Lokka war man wachsam. Auch ich, selbst wenn ich kein
solches Nervenbündel war wie du.

Woher konnte ich das? Woher wusste ich, wie es ging? Das
Wissen war einfach da. Es regte sich bereits, als ich bei der
Tante den eiskalten, hundert Kilo schweren Wäschebottich
schleppen musste, mit dem Abdruck von vier Fingern auf
meiner Wange. Es erhob sich, als ich in der Wanderschule
als Letzte stehen bleiben musste, weil ich ein Gedicht nicht
auswendig aufsagen konnte und das Alphabet schlecht beherrschte, in Wahrheit erkannte ich die Buchstaben an der
Tafel nicht. Damals schickte ich dem Schulmeister ein böses
Zeichen, schleuderte es auf ihn. Später ist er an der Front
gefallen, natürlich. Du warst es, die mir davon erzählte, wolltest wissen, ob ich ihn gekannt hätte, als du die Namen der
Gefallenen aus der Zeitung vorgelesen hast. Ja, ich kannte
ihn. Ich hatte ihm das Zeichen geschickt.

Menschen können sehr böse sein. Auch ich, und ich

kenne das Böse. Ich musste die Zeichen nicht lernen, ich trug sie in mir. Der Hass auf dich, Lempi, hat sich die Zeichen gesucht und seine Arbeit verrichtet, ich brauchte nichts mehr zu tun, konnte zuschauen, wie die Dinge sich entwickelten. Erst wurdest du blass und dein Bauch immer dicker, ein Hügel, ein Riesengeschwür. Im September kamst du nicht mehr aus dem Bett, lagst fahl und verschwitzt auf der Matratze. Die Krankenschwester aus dem Dorf kam mit dem Fahrrad zu uns und sagte, du müsstest zum Arzt. Ich saß in der Ecke und lauschte, wiederholte in Gedanken die Zeichen und Sprüche, die ich dir gesandt hatte.

In Heikkiläs Wagen war die Gangschaltung kaputt, das wussten wir. Den Radionachrichten, von denen der Dorfälteste uns berichtete, konnten wir nicht mehr trauen. Du sahst entsetzlich aus und rochst nach üblen Ausdünstungen, auf deiner Zunge klebte zäher Schleim. Du hast mich am Arm gepackt und gesagt, es ginge gleich los, ich müsse dir helfen. Ich griff nach meinem Messer. Ich wusste, Antero würde Angst bekommen bei dem, was nun geschehen würde, aber du sahst es nicht, schwelgtest nur in deinen Schmerzen. Und ich, ich riss mich los von dir. Es war leicht, so kraftlos und krank, wie du warst. Dann drehte ich mich zu Antero um und sagte: Alles ist gut, Mutter ist hier, Elli ist hier.

Am Morgen sitzt Viljami starr auf der Bettkante, er schafft es nicht aufzustehen. Die Jungen schlafen noch. Ich trinke Wasser und mache mich für den Stall bereit. Die Nächte sind schon kalt, doch die Septembersonne wärmt noch ein wenig. Ich schaue mich um: Mein Zuhause, meine Kinder, die glücklichen Kleinen. Sie haben uns. Ich weiß nicht, ob Viljami zu mir herübersieht, während ich leise umhergehe, den Teppich mit dem Fuß geradeschiebe, mich ihm nähere und zu ihm hinneige, ohne Angst. Ich muss nur langsam und vorsichtig sein.

Machst du Feuer?, frage ich.

In seinen Augen regt sich nichts. Mir wird klar, dass er nach dir sucht, in jedem dummen Winkel, und die Wut, die in mir aufsteigt, ist glühend heiß, sie könnte einen feuchten Wacholderbesen in Brand setzen. Du Elende bist immer noch hier! Mit Schweigen kann ich dich also nicht ersticken, und meine Zeichen helfen nicht weiter, weil Viljami dich immer noch überall sucht. Wann werde ich dich endlich los?

Komm, mach Feuer.

Mach wenigstens Feuer, sage ich laut, ein ärgerliches Zischen. Das Gift, das dir gilt, raut meine Stimme auf, und Viljami erschrickt, ich sehe das in seinen Augen und daran, wie er zusammenzuckt, ich stehe dicht genug vor ihm. Ach. Ich muss meinen Hass noch tiefer begraben. Während ich das denke, mache ich mich fertig für den Stall. Es geht nicht, ich kann dich nicht die ganze Zeit mit mir herumtragen, das macht Viljami Angst. Ich muss behutsam und sanft vorgehen und die Wut, die du in mir gesät hast, verstecken. Und ich muss mich sputen, Talvikki wartet schon mit prallem Euter. Ich höre noch, dass Viljami aufsteht, der Boden knarrt. Im Stall tue ich das, was ich gut kann. Ich sitze neben Talvikki, in den Bottich strömt gute Milch, und dies ist der Morgen, mit dem alles beginnt, frisch und neu. So beschließe ich es, und so wird es sein. Ich werde nicht mehr zischen, ich habe das Böse begraben und bin weich und freundlich, sanft und warm kehre ich mit der Milchkanne zurück ins Haus. Die Jungen sitzen mit verwuscheltem Haar und schlafwarmen Gesichtern auf dem Bett und spielen mit ihren schwedischen Spielzeugautos, ich möchte sie sofort herzen und drücken. Ich gehe zu ihnen und schaue sie an. Sie erwidern mein Lächeln, und so zeige ich Viljami, wie gut hier alles ist. Er wird es schon erkennen. Am Ende wird er es erkennen.

Heute wäre ein guter Tag für eine Bootstour über den See, drüben hat bestimmt noch niemand Preiselbeeren gepflückt, sage ich. Viljami hebt den Kopf und nickt schwach, ich würde es nicht als Nicken auffassen, wenn er nicht sagen würde, er könne ja rudern, das Boot sähe heil aus. Ich erzähle ihm nicht, wie der alte Heikkilä und ich es vor der Evakuierung an Land gezogen und umgedreht haben. Und schon gar nicht, dass ich, als Heikkilä weg war, nochmal zur Hoftanne zurückgelaufen bin, die sorgfältig aufgelegten Moosstücke in einem wütenden Tanz zertrampelt, mich hingehockt und draufgepinkelt habe. Der Strahl schäumte, und der Tanz zeigte, wie richtig doch alles am Ende war. Während ich mir den Rock hochhielt, habe ich laut gelacht.

Drinnen wurden die Kleinen allmählich wach, schnell, schnell, Heikkilä würde uns in einer halben Stunde abholen. Ich öffnete deinen großen Koffer mit deinem Schlüssel, legte Kleidung und saubere Mullwindeln für die Jungen hinein, meine eigenen Sachen, zwei Bettlaken, zwei Leinenhandtücher, mehr hatte ich nicht einzupacken. In einen Rucksack stopfte ich Geld und Papiere, alles, was ich finden konnte, Brot und eingesalzenen Fisch. Im Keller stand das Kalbsfleischfass, das musste zurückbleiben, genauso die Schaukel von Viljami an der Birke, und die platten Wegsteine, mit den vielen Schritten darauf und dem Heimweh und der Trauer und meinem Hass. All das blieb zurück, als wir auf Heikkiläs Ladefläche kletterten. Mit diesem Auto, auf diesem Platz war ich auch hergekommen.

Aarre lag auf meinem Schoß, Antero hielt ich an der Hand. Ich reckte das Kinn und nahm mir vor: Wenn ich je zurückkehre, dann für alle sichtbar. Als Letztes hob Heikkilä den guten Halli auf die Ladefläche, dabei hieß es, Hunde müsse man zurücklassen und töten. Die Ställe waren schon leer, Sinikka Siirtola und andere Mädchen, die gerade nicht beschäftigt waren, hatten die Kühe losgetrieben. Zu diesen jungen Frauen gehörte ich nicht, ich hatte auf Pursuoja die Pflichten einer Bäuerin zu erfüllen, und so würde es auch sein, wenn wir wieder zurückkehrten. Unter meiner Klei-

dung wimmerte das Neugeborene. Als ich gefragt wurde, wo
die Mutter sei, schluchzte ich, ich wisse es nicht, sie wäre
nachts weggegangen und hätte das Kind bei mir zurückgelassen. Niemand kann behaupten, das sei nicht wahr. Genauso verhielt es sich. Aina Heikkilä sah ihre Schwiegermutter
vielsagend an, überreichte ihr das Baby, streckte die Hand
nach Aarre aus und sagte, sie könnte auch ihn stillen, ihre
Milch würde reichen. Die alte Heikkilä brummte: Das hätte
man sich auch denken können, kommt also doch nach ihrer
Schwester.

Aber weg damit, jetzt denke ich weder an dich noch an deine
Schwester, auch Viljamis Schweigsamkeit kann mich nicht
beirren. Ich lege Brot in den Spankorb und Butter, meine
gesalzene gelbe Butter, die ich für gutes Geld ans ganze Dorf
verkaufen könnte, wenn ich es nur wollte. Auch Labkäse
hole ich aus dem Keller, meine Schritte sind leicht. Und
meine Stimme ist hell, als ich den Jungen die Jacken anziehe
und sie bitte, nach draußen zu gehen, nicht ans Ufer, nur auf
den Hof zu Miisu. Sie gehorchen, und Viljami und ich sind
zu zweit. Am Fenster sehe ich die beiden Kleinen vorwärts-
tappen, Aarre fällt immer wieder auf den Popo, rappelt sich
wieder auf.

Viljami sitzt noch immer auf der Matratze. Am Kinn steht
ihm ein unordentlicher Bart, seine Stimme zittert, als er sagt,
er würde lieber zu Hause bleiben. Zu Hause, nein, das sagt er
nicht, er sagt: hier. Wie überdeutlich ich sehe, dass er mich
braucht. Ich würde alle Kraft in ihm neu entfachen, wenn

ich dürfte, und mehr. Aber ich darf erst, wenn er es mir erlaubt. Ich knie mich vor ihn hin und spreche wie zu einem jungen, unerfahrenen Menschen: Bald ist Oktober, es wird Zeit.

Jetzt müssen wir Beeren sammeln, so viele, wie wir nur finden können.

Beeren, für den Winter.

Das ist wichtig, denn der Winter kommt bald.

Die ersten Frostnächte hatten wir schon. Die Blaubeeren sind hinüber, aber die Preiselbeeren sind noch gut. Ich püriere sie und fülle sie in den Zuber, mit etwas Zucker, dann sind sie haltbar. Davon können wir den ganzen Winter essen, ein Klacks zum Brei, und wenn ich Grieß kriege, mache ich uns roten Grießbrei, der wird den Jungen schmecken, mit Sahne und Zucker, sodass es zwischen den Zähnen knirscht. Ich erkläre es Viljami wie einem Kind, lächle dazu und schaue ihm in die Augen, auf deren Grund sich etwas Leben regt, ich streiche sogar sacht über seinen Arm, es geht.

Im Wald bin ich flink, trotz meiner Augen, und Viljami ist es auch. Beide stammen wir aus dieser Gegend, bewegen uns, als wären wir hier auf diesem Waldboden geboren. Wir wissen in jedem Augenblick, wo es hingeht und wo zurück. Auf der Bootsfahrt haben die Jungen bei mir im Bug gesessen, Viljami ist gerudert. Mit dem Rücken zu uns hat er den Takt vorgegeben, wir haben uns angepasst und mitbewegt; ich habe nicht weiter über den Takt nachgedacht und die Jungen gut festgehalten. Als das Boot auf die torfige Uferböschung stößt, ist Viljami überrascht. Er wendet sich den Jungen zu, bittet sie zu warten, euer Papa hebt euch gleich raus. Das Wort benutzt er zum ersten Mal, leider kann ich nicht erkennen, was für ein Gesicht er dazu macht, aber seine Stimme klingt rau, das gefällt mir, es zeigt, dass die Dinge trotz allem voranschreiten.

Er macht das Feuer, ich gebe den Jungen zu essen. Preiselbeeren gibt es reichlich, die Vormittagssonne beglänzt die Erde und beim Gedanken an den nächsten Winter auch mich. Wir werden uns finden und niederlassen, Viljami wird dich vergessen. Auf dem Rückweg schlafen die Kleinen im Boot ein, daheim tragen wir sie vorsichtig ins Haus, die kleinen Bündel, dann können sie weiterschlafen, und auf dem Steinweg über den Hof sind wir schon fast eine richtige Familie.

Ich weiß, Viljami ist noch geschwächt, und bleibe vorsichtig. Ich setze meine Füße so leise wie Miisu, wenn sie einen Lemming fängt, und bin trotzdem bereit, die Krallen auszufahren, sobald Viljami andeutet, dass mehr gestattet ist. Am Abend nimmt er das Hochzeitsbild von der Kommode und starrt dein Gesicht mit wässrigen Augen an. Er denkt, wir würden das nicht merken, doch die Jungen kommen erschrocken zu mir, haben Angst. Sie spüren, dass er in einer anderen Welt ist, in uralten Träumen von einer Frau mit dunklen Augen, die in seiner Vorstellung immer gelächelt hat. Wie gern würde ich ihm die Wahrheit über dich sagen! Wie du dich hast bedienen lassen, mit sehnsüchtigem Blick und einem Buch in der Hand aus dem Fenster geschaut hast, immer ins Nirgendwo, wie du beim Stopfen faul dagesessen und geseufzt hast. All die Luftschlösser und Launen, die Dummheit und Dreistigkeit, mit der du mich auf meinen Platz verweisen wolltest.

Die Wochen vergehen, es wird winterlicher, die Dinge gehen voran. Keine Spur von dir, nicht einmal in Gedanken, als wir Bäume fällen, Brennholz machen, die Scheite in den Schuppen tragen. Die Jungen sind immer um uns herum, mit roten Bäckchen, die Erde ist mal gefroren, mal frostfrei. Wir lagern Kartoffeln im Keller und kaufen ein Rentier zum Einsalzen. An den Bächen werden die Blätter der Weidenröschen vom Sommer erst hauchdünn, dann braun und faul. Mittags koche ich Kartoffeln und abends Brei, wir prüfen die Netze und nehmen die Fische aus, ich mit dem eigenen Messer. Als Leinikki einen Bullen braucht, leiht Heikkilä uns seinen, und es geht immer weiter voran, ich höre die Wärme in Viljamis Stimme, als er Johannes erzählt, wie stark und fleißig ich sei, ein tüchtiges Mädchen, auch wenn man es mir nicht ansieht. Ich lächle in mich hinein. Ja, ich bin zäh, ich gebe nicht auf, nie, auch diesmal nicht, der Himmel ist mein Zeuge. Viljami hat gemerkt, dass ich kein Tisch oder Teppich, kein Holzstück und keine Heugabel bin, sondern ein Mädchen, eine Frau. Er wird schon noch dahinterkommen.

Trotzdem höre ich in dieser Nacht schon wieder, dass er sich im Bett wälzt, aufsteht und schluchzt, leise, er hält sich die Faust vor den Mund. Da bist du also noch immer, umklammerst ihn mit festem Griff. Ich muss etwas tun. Als ich

höre, dass die Haustür knarrt und leise zufällt, stehe ich auf.
Ich sehe nach, ob die Jungen anständig zugedeckt sind, dann
gehe ich ihm hinterher, im Mondlicht über die vertrauten
Flickenteppiche, leise, bis zur Tür. Er steht auf der Treppe, ich
laufe fast in ihn hinein, ich rieche ihn, er weint noch immer,
und was da in mich fährt, ich weiß es nicht. Vielleicht der
Mond, vielleicht das immer mehr gewachsene Vertrauen,
dass er mich nicht wegschicken wird. Wir stehen nebeneinander, über uns die weißen Atemwolken, draußen herrscht
Frost, meine nackten Füße schmelzen einen Abdruck aufs
Holz, die Nacht wird kalt, wir stehen noch immer nebeneinander, und dann geschieht es, endlich verjage ich dich, du
passt hier nicht her, es gibt nur uns zwei, Mann und Frau. Es
passiert, und er setzt nichts dagegen, ich nehme seine Hand
vom Treppengeländer und führe sie mir unters Nachthemd,
ganz einfach und ohne zu fragen.

So stehen wir da. Es ist kalt, aber ich friere nicht, es wird
heiß, wir dampfen. Er hält still, ich fange an. Ich lehne mich
an seine Hand, bewege mich, er nimmt sie nicht weg, ich
werde ein glühender Saunastein, ein blubbernder Kochtopf,
er nimmt sie nicht weg, ich lasse alle Beherrschung fahren,
er nimmt sie nicht weg, wenn du das sehen könntest, du Aas
unter der Tanne, dass dein Mann seine Hand nicht weg-
nimmt, er ist ein Mann, verhält sich wie ein Mann. Erst als er
es will, nimmt er sie weg, dann ist alles, wie ich es mir vorgestellt habe, und mir wird nicht mehr kalt sein, nie wieder.
So passiert es also, endlich. Ich umfasse das Treppengeländer
und schreie in die dunkle Septembernacht, endlich ist die

Welt gerecht und behandelt auch mich als Frau. Währenddessen fällt kein Wort zwischen uns, auch danach nicht, kaum ist es vorbei, schlägt Viljami die Hand vor den Mund und läuft wimmernd ans Ufer. Nur ein Wort verstehe ich, Entschuldigung, aber es ist nicht an mich gerichtet, das wäre bei mir auch nicht nötig. Er wird schon merken, wie gut und richtig nun alles ist, und als ich mich wieder ins Bett lege, ermahne ich mich wieder, nichts zu überstürzen, es ist alles erst der Anfang, und mit diesem Gedanken falle ich in einen traumlosen Schlaf.

Am nächsten Morgen bin ich noch liebevoller mit den Kindern als sonst, ich streiche ihnen über die Wangen, sorge für die Fäustlinge, lobe ihre Tüchtigkeit, verspreche ihnen für abends eine Gutenachtgeschichte. Die beiden haben ja nur mich, von dir muss ich ihnen nichts mehr erzählen. Viljami hockt sich an den Rand der Sitzbank und starrt auf seine Hände, kriegt kaum etwas mit von uns. Ich schicke die Jungen hinaus, sage, sie sollen Tannenzapfen sammeln, rolle die Teppiche zum Putzen zusammen und bemühe mich, ruhig und sanft zu sein. Viljami ist noch geschwächt, er braucht Zeit, um sich an mich zu gewöhnen, daran, dass ich um ihn bin, und die Zeit gebe ich ihm. Er steht auf und legt sich ins Bett, starrt an die Decke. Auch als Aina Heikkilä kommt, regt er sich nicht, sie erkennt sofort, was mit ihm los ist, senkt die Stimme und fragt nicht weiter. Sie bringt mir frisch geräucherte große Maränen, ich muss nur noch Kartoffeln aufsetzen und habe eine fertige Mahlzeit. Das Leben läuft in die richtige Bahn, jetzt wo du nicht mehr seufzen und stören

kannst und nur noch ich hier bin. Nie und nimmer würde
Viljami ohne mich zurechtkommen. Meine Glieder, meine
Umrisse werden immer deutlicher, die Farben des Wandtep-
pichs beginnen zu leuchten, ich bin bereit hervorzutreten,
in die Mitte und ins Licht. Bald werde ich den Kopf heben
und alles scharf sehen, endlich werde ich ein vollständiger
Mensch sein, und jeder wird es merken.

Im März kommt Leben in Viljami. Er nimmt die Axt und
will ans Ufer, das Eis aufschlagen und Angelhaken für den
Quappaal setzen, ich stehe mit der Schürze in der Küche, bin
Bäuerin, Mutter und die Frau im Haus, ich befehle den Kindern. Und ich nehme mir das Recht, ihm nahezukommen,
sein Gesicht zu berühren, zu fragen, wann er wiederkommt.
Beim Abendessen sagt Aarre Mutter zu mir, laut und deutlich, hast du das gehört? Viljamis Blick hebt sich, der Tisch
erbebt unter seiner Hand, die Löffel springen hoch und fallen
zurück, aber ich lasse mich nicht ins Bockshorn jagen, ich
nicht, nicht mehr.

Ich habe ihn gefragt, ob ich neben ihm schlafen darf, und
ich darf. Ich habe meine Kraft in ihn fließen lassen, jedes
Mal, und jedes Mal beweint und bereut er es, kann aber
nichts dagegen tun, denn ich habe mein ganzes Leben lang
auf ihn gewartet. Mit meiner Umarmung habe ich sein Zittern vertrieben, ihn zur Ruhe gestreichelt. Die Angst mit einem Schschsch vertrieben und ihm versichert, alles ist gut.
Ich erinnere mich nicht mehr daran, dass es im Menschen
auch das Böse gibt, dass es dort steckt, wo es soll, die Ge-

bärmutter befällt, sie zerreißt und dass dieser Mensch mich anbrüllt, es rauszunehmen, mir droht, mich sonst umzubringen.

Einen Augenblick, einen kurzen Augenblick lang zögerte ich, dann nahm ich mein Messer und gehorchte dir, schon verstummte das Heulen und Kreischen, und mitten in dem Körper fand ich Aarre. Alles war still, der dunkelste, klarste Moment der Nacht, Aarre war da, greifbar und lebendig. Behutsam säuberte ich ihn und wickelte ihn in ein Handtuch. Ich wusch mir die Hände und ging nach Antero schauen, er schlief, ich kehrte zurück in die Sauna, die Erde war nass und kalt. Ich wusch deinen Leib, dein Bauch schlackerte, deine Brüste fielen auseinander und sackten in die Achselhöhlen. Dein Mund stand offen, oben fehlte ein Backenzahn, das hatte ich nicht gewusst. Was zwischen deinen Beinen war, würde niemanden mehr interessieren, Viljami würde dich bald vergessen, so dachte ich. Sich nach einem solchen Körper zu sehnen, das wäre ausgeschlossen, einem Kadaver, purem Madenfraß.

An all das will ich mich nicht erinnern. Du befahlst es mir. Ich gehorchte. So sollte es sein.

Und eines Morgens beim Melken begreife ich, etwas ist anders. Ich weiß nicht, ob es der erste Schnee ist, der sich im Novemberlicht ankündigt, oder ob sich in mir etwas eingenistet hat und zu wachsen beginnt. Jedenfalls weiß ich, es ändert sich was. Eine Hülle legt sich um mich, bereitet mich vor und schützt, so wie bei Tieren, und ich halte inne und lausche. Durch die Stalltür trete ich hinaus ins Morgenlicht, die volle Milchkanne ist schwer. Du bist unter deiner Tanne, stumm und vergessen, niemand denkt mehr an dich.

Ich stehe auf dem Hof und sehe Bewegung auf der Straße. Jemand nähert sich unserem Haus, meinem Haus. Wenig später weiß ich, dass die Dinge nie enden werden, dass Milch in breiten Streifen über die Erde fließen kann, als zäher Strom, und dass nichts mehr zu tun und zu retten ist, und als ich wieder hinsehe, ist die Stelle unter der Tanne leer.

SISKO

Die Fotografin meint, ich solle meine Kinnpartie lockern, aber darauf reagiere ich nicht. Ich lasse nur die Schultern fallen und schaue nach draußen, zum Dach des gegenüberliegenden Hauses, wie sie es gesagt hat. Sie bittet mich, den Kopf ein wenig zu drehen und links über sie hinweg zu schauen. Sie ist jung, trägt Jeans und die Haare schlicht im Nacken zusammengebunden, keine Wimperntusche, ihr Händedruck ist trocken und fest. Ich reagiere wieder nicht. Meine rechte Gesichtshälfte ist weniger ebenmäßig, die soll man nicht sehen, nur die gute linke Augenpartie, die Seite, auf der meine Haare besser liegen, immerhin geht es um ein Foto von mir. Da möchte ich selbst bestimmen, wie die Zeitungsleser mich zu sehen bekommen. Und wenn ich etwas verbergen will, wird das in diesem Alter und in dieser Angelegenheit ja wohl gestattet sein.

So jedenfalls haben die Redakteurin und ich es abgesprochen. Sie hört mir aufmerksam zu und schaut der Fotografin über die Schulter, meine Geschichte ist fast am Ende. Es ist unser drittes Treffen, sie arbeitet gründlich, das beweisen auch ihre Fragen. Ich gebe ausführlich Antwort, und noch ausführlicher denke ich nach. Sie wollte alte Fotos sehen, also habe ich sie für sie herausgesucht. Ich verbummele nie etwas und weiß genau, wo ich sie aufbewahre. Ganz oben im Kleiderschrank, hinter den Zusatzdecken in einer Schachtel.

Ich musste nur auf den Hocker steigen und die Decken zur Seite schieben.

Schon lange habe ich die Schachtel nicht mehr geöffnet. Das hat seinen Grund, ich denke, manche Dinge hält man besser unter Verschluss. Als ich jetzt eine Ausnahme mache, kommt es wie befürchtet: Kaum öffne ich den Deckel einen Spaltbreit, drängen sich die Erinnerungen hoch, und mit ihnen die Worte. Plötzlich scheint alles, was ich vergessen wollte, wieder wichtig. Vielleicht ist es tatsächlich so, wie man sagt: So lange wir an einen Menschen denken, ist er am Leben. Wahrscheinlich habe ich der Redakteurin deshalb erzählt, was ich ursprünglich für mich behalten wollte.

Zum Glück gibt es die Fotoschachtel noch, bei einem meiner Umzüge hätte ich sie fast vernichtet. Ich habe mich an den Frisiertisch gesetzt und das oberste Foto rausgenommen, und sofort hatte ich dieses seltsame Ziehen in den Augen. Trotzdem wollte ich die Fotos anschauen und mich erinnern. Obwohl ich wusste, dass die Dämme brechen. Der Mensch ist doch sowieso ständig von alten und neuen Erfahrungen bestimmt. Allerdings ist es mir lange Zeit gelungen, die Risse so dicht zu halten, dass nichts Altes nach außen dringen konnte.

Nach dem letzten Treffen bin ich die Fotos gleich mehrmals durchgegangen. Ein Bild kann Jahrzehnte vergangene Momente zurückholen, oder zumindest ein Bewusstsein davon, wie der eigene Körper dagesessen hat, wie das Licht ins Zimmer fiel, wie man sich gefühlt und was es für einen bedeutet hat, an diesem Ort zu sein. Ich schätze, gerade die Er-

innerungen an Gefühle haben sich mir am tiefsten einge-
prägt. Noch heute, Jahrzehnte später, kann ich gewisse Momente sofort abrufen, zumal unangenehme, selbst wenn es
kein Foto gibt und ich eigentlich gar nicht an sie denken
möchte.

Manche Erinnerungen sind glasklar und lebendig. Sogar
die Stimme meiner Schwester habe ich im Ohr, jedenfalls
aus bestimmten Situationen: Als sie vor sich hingesungen
hat, ohne etwas darauf zu geben, dass andere sie für un-
musikalisch hielten. Ja, als Elma und ich *Aufhören* brüllten,
hast du nur gelacht. Die Fotos zeigen natürlich nicht, wie geschmeidig du dich bewegt hast, Lempi, wie elegant du den
Kopf drehen konntest, wie du die Kellertreppe hinunter-
getänzelt bist, um mit der Holzschaufel Mehl für die Kunden abzufüllen. Meine Schwester, schön und mutig. Meine
Schwester, die Ältere, wild und meinen Beschützerinstinkt
weckend.

Ich erinnere mich noch gut an das Gefühl, als ich am
Flussufer stand und bereute, dich angestachelt zu haben.
Ich wusste schließlich, dass du zu allem imstande warst, ich
musste nur die richtigen Worte sagen. Du traust dich nicht!,
schon warst du im Fluss und tauchtest ab, um einen Stein
vom Grund hochzuholen. Obwohl ich oben auf dem Steg
stehen blieb, konnte ich das Flusswasser schmecken, vor
Aufregung war es saurer als sonst, und die Algen und den
Schleim fühlen, und als du wieder auftauchtest und den
Stein hochhobst, merkte auch ich, dass er an der Luft schwerer war als unter Wasser.

Du traust dich nicht, schon hast du ohne Erlaubnis Würfelzucker aus dem Ladenkeller geholt, und als wir abwechselnd an den Stücken nagten, berührten deine warmen Finger meinen Mund. Du traust dich nicht, schon bist du aus dem Fenster unserer Dachbodenkammer gesprungen, hinüber in die Birke, das Aufkommen auf dem harten Ast konnte ich unter den eigenen Füßen spüren.

Es ist erstaunlich, wie ähnlich wir uns auf den alten Fotos sehen, Lempi. Das habe ich damals so nicht wahrgenommen. Wenn die Leute sich beschwerten, wir seien nicht auseinanderzuhalten, widersprachen wir immer. Eine Zeitlang war ich die Dünnere, doch irgendwann bekam auch ich Formen, und im Gesicht glich ich dir tatsächlich sehr, das sagte sogar mein Mann. Damals, als wir noch über solche Dinge redeten.

Die Fotos verraten nicht, dass deine Haare viel dicker waren. Meine Finger erinnern sich noch genau an das Gefühl beim Flechten, eine prächtige Zopfkrone habe ich dir auf den Kopf gesetzt, dein Nacken blieb frei. Als wir das bei mir versuchten, ging es natürlich schief. Meine Haare glitten sofort wieder aus den Zöpfen, waren zu fein und zu glatt. Selbst als du jede einzelne Strähne mit Wasser befeuchtet und mit zig Nadeln festgesteckt hast, im trockenen Zustand löste sich alles wieder auf. Später habe ich mir eine Dauerwelle machen und die Haare einmal pro Woche legen und föhnen lassen.

Auf einem Foto stehst du draußen im Hinterhof. Neben dir wächst der riesige Rhabarber, hinter dir lehnt die Leiter an der Hauswand. Dein Gesichtsausdruck ist erstaunt, als hätte Papa dich mit dem Fotoapparat überrascht. An deinen Rock kann ich mich nicht erinnern, und genauso wenig kann ich das Foto einem bestimmten Sommer zuordnen, hintendrauf steht leider keine Jahreszahl. Auf der leichten Bluse prangt seltsamerweise meine Brosche. Es könnte sein, das Mädchen auf dem Foto bin ich.

Nachdem du auf Viljamis Hof gezogen warst, habe ich ein ganzes Jahr allein in der Dachkammer geschlafen, und es wäre eine Illusion zu glauben, ich hätte dir in Briefen von mir berichten können. Eigentlich kann man in Briefen recht wenig ausdrücken. Unsere Betten standen unter zwei Dachschrägen, jede von uns hatte ihre Seite, und du sagtest immer, ich hätte mir die dunklere Seite unter den Nagel gerissen, du dagegen würdest im Sommer schon um vier von der Sonne geweckt. Wir schliefen in Betten, die wir in der Möbelfabrik bestellt hatten, gebeizte Birke mit verziertem Kopfteil, unsere Laken hatten Borten mit Spitzen aus Rauma. Unsere Tante, die Schwester unserer Mutter, hatte sie für uns genäht, auf so feinen Laken schlief sonst niemand weit und breit, und so tolle Töchter, wie wir es waren, besonders du, Lempi, hatte erst recht niemand.

Wir wussten natürlich, dass über uns getuschelt wurde. Aber es störte uns nicht. Böse Rede und spöttische Worte konnten uns nichts anhaben, so waren wir erzogen worden. Unsere Kleidung bestellten wir in Helsinki oder ließen sie nach der neuesten Mode maßschneidern, unsere Haare flochten wir nach den Fotos in den Zeitschriften. Arm in Arm marschierten wir ins Lyzeum, und auch wenn ich elf Minuten jünger war als du, ich verhielt mich in vielerlei Hinsicht verantwortungsbewusster. Papa hatte uns eingeschärft, dass es mehr für uns gebe da draußen als das, was wir aus unserem Ort kannten. Wir sollten auf die Hochschule gehen und nicht im Dorfladen versauern, einen echten Beruf ergreifen, auch du, Lempi, und wir sollten uns ja keine Sorgen machen, er würde das finanzieren, sich selber um den Laden kümmern und eine Hilfskraft einstellen. Doch sonderlich gut ist es für uns nicht gelaufen, schon gar nicht für dich.

So lange es mir möglich war, habe ich versucht, dich vor Schwierigkeiten zu beschützen. Ich erinnere mich an den einen Abend in der Küche, Elma schälte Kartoffeln. Du hast mit den Beinen gebaumelt und konntest dich auf nichts konzentrieren, sprangst auf, schrammtest dabei mit den Stuhlbeinen über den Boden und schautest aus dem Fenster. Am nächsten Tag stand eine Klausur an, ich versuchte, dich zum Lernen anzutreiben, doch du beachtetest mich kaum. Du lachtest nur und sagtest einmal mehr, ich solle dir das Wichtigste morgen auf dem Schulweg eintrichtern, du würdest es schon behalten und irgendwie durchkommen. Und so lief es dann auch. So warst du, völlig anders als ich. Natürlich hat man über uns geredet. Überhaupt, wo gab's denn sowas: Zwillinge. Gleich bei der Geburt bekam ich die brave Rolle zugeteilt und auch den unbedeutenderen Namen, Sisko, Schwester. Mein ganzes Leben wuchs ich nicht über mich hinaus. Ich hatte nicht das Zeug, so frei zu sein wie du.

Ich habe Elmas Stimme noch im Ohr, den meckernden Ton, wenn sie dich tadelte. Aber deine unordentliche Kleidung und deine wirren Haare waren etwas ganz Alltägliches. Ich versuchte zu glätten und zu ordnen, zu kämmen und zu stopfen, ich tat, was ich konnte. Sogar die Schuld für das kaputte Kellerfenster nahm ich auf mich, weil ich wusste, dass Papa es mir schneller verzieh als dir.

Ohne meine Hilfe hättest du das Abitur nie bestanden. Das wussten alle. Aber irgendwie sahen die Lehrer uns als Einheit, ohne die eine konnte es die andere nicht geben. Beim Betrachten der Fotos wird mir wieder klar, dass sie uns kaum auseinanderhalten konnten. Und wir haben ihnen in keiner Weise geholfen, waren eine und zwei zugleich, hörten beide auf beide Namen, und oft vervollständigte ich deine Gedanken und du meine Sätze. Später hatte ich nie wieder jemanden, dem ich mich anvertrauen konnte. Du warst meine andere Hälfte und Ergänzung, und eine Bindung, die im Mutterleib gewachsen ist, kann weder Zeit noch Entfernung noch der Tod auslöschen. Wenn ich daran denke, wie die zwei winzigen Wesen sich im Dunkeln hören und befühlen, sich mit zugewandten Herzen aufeinander zutasten – natürlich wirst du immer für mich existieren. Dass ich dich verlor, hat sich auf alle Bereiche meines Lebens ausgewirkt.

Irgendwann in dem Herbst, als alles noch bevorstand, wollte Papa mit mir sprechen, ich sollte in sein Zimmer kommen und mich in seinen Ledersessel setzen, wie eine Besucherin. Inzwischen ist mir klar, wie unangenehm es für ihn gewesen sein muss. Kehle freiräuspern, wie mit einer Erwachsenen sprechen. Unser armer Papa, der Witwer.

Ich solle auf dich aufpassen, damit es mit dir kein schlechtes Ende nehme, jetzt, wo die Gegend voll deutscher Soldaten und Offiziere war. Sogar im feinen Restaurant Pohjanhovi hatte die Naziflagge geweht, bei einem großen deutschen Festabend, und schon da wurde eine Menge geredet: Was würde passieren, wenn im Ort haufenweise schicke fremde Soldaten umherspazierten, während die eigenen Männer weit entfernt an der Front kämpften? Um mich machte Vater sich keine Sorgen, selbstverständlich nicht, ich war schließlich die Vernünftigere. Und du die Hübschere, sicher auch aus Papas Sicht. Irgendwie standen dir unsere Züge besser. Ich war mehr so der Typ neue Frau, das sagte auch Max, und er konnte uns immerhin vergleichen, hat dich in jenem verrückten Frühling ja gesehen.

Papa hatte keine Ahnung, wohin es führen würde, als er mich nach dem Abitur den Kurs für Maschinenschreiben besuchen ließ. Du bliebst im Laden an der Kasse, und es war klar, nur ich sollte nach Kriegsende die Universität besuchen. Der Schreibmaschinenkurs war die Kreuzung, an der unsere Wege auseinandergingen. Bis dahin hatten wir alles gemeinsam gemacht, und ich erinnere mich nur zu gut an das mulmige Gefühl, allein in der Anmeldeschlange zu stehen, ohne dich vor oder hinter mir, als wäre um mich herum ein großes Vakuum. Plötzlich gab es niemanden mehr, der unmittelbar auf mich reagierte. Das war neu, und es machte mir Angst. Die Lektion, dass wir auch allein vollständig sind, jede von uns, war für mich nicht leicht zu lernen. Mein Leben lang versuchte ich sie zu verinnerlichen, immerhin ist sie die Basis von allem. Nur wenn man sich selbst als unabhängigen Menschen sieht, kann man auch sein Gegenüber so wahrnehmen.

Zu Anfang war ich sehr verloren ohne dich, aber ich besuchte den Kurs trotzdem bis zum Ende und bekam sogar Arbeit im Stab. Vermutlich hatte Papa da seine Finger im Spiel, willige und kompetente Mädchen gab es massenhaft. Deutsch konnte ich nur ein bisschen, aus dem Schulunterricht und von den Verkaufsgesprächen im Laden, doch bei der Arbeit lernte ich rasch mehr. Ich fühlte mich sehr erwachsen. Für den ersten Arbeitstag hatte ich mir im Modeladen Vertanen einen kleinen Hut gekauft, dabei trugen die Mädchen in unserer Gegend selten etwas anderes als ein Kopftuch. Wir waren lange in dem Geschäft. Du hättest einen mit Federn und Schleier genommen, je schicker, desto besser. Als ich einwandte, in Kriegszeiten dürfe man nicht übertreiben, lachtest du nur. Trotzdem fand ich am Ende meine Wahl für eine junge Stenotypistin deutlich passender und dennoch stilvoll, dabei war auch ich es gewohnt, die Blicke auf mich zu ziehen. Obwohl unsere Familie nicht besonders nobel war, musste ich mich, soweit ich mich erinnere, kein einziges Mal irgendwo vorstellen, immer kannten uns alle schon.

Die neue Schreibarbeit war relativ leicht. Ich hatte genügend Zeit, um kleine Fehler in Ruhe zu korrigieren, und konnte manchmal sogar Däumchen drehen. Nach einer größeren Herausforderung sehnte ich mich nicht; es war aufregend genug, den Schritt von der Schule ins Arbeitsleben ohne dich zu gehen, und obendrein gehörte Max dem Stab an. Es gab zwar noch andere Offiziere, die uns Mädchen und auch die älteren Damen mit ihren Scherzen zum Lachen brachten, doch ich interessierte mich für Max, und Max wählte mich. Warum, weiß ich nicht. An mir war, zumal im Vergleich mit dir, eigentlich nichts Besonderes, aber du warst nicht da, und Max konnte uns nicht vergleichen. Ich glaube, er war der Erste, der wirklich mich sah, nicht die Tochter des Ladenbesitzers oder die Schwester von Lempi, sondern mich, mit meinem Hütchen, meiner frischen Haut und allem, was noch vor mir lag. Das schmeichelte mir. Vom heutigen Standpunkt aus ist das sehr nachvollziehbar. Die Zeit erweitert die Perspektive.

Max hatte diese Art, sich beiläufig an meinen Schreibtisch zu lehnen und mir lustige Fragen zu stellen, die ich mit meinem mangelhaften Deutsch natürlich nicht entsprechend beantworten konnte. Er stammte aus Hamburg, einer Großstadt, ich war das stammelnde Dorfmädchen. Er hatte große gesunde Zähne, lachte viel und zeigte sie allen. Wir lachten oft zusammen, wobei ich heute denke, dass der Humor wohl auf meine Kosten ging, da ich, zumal in einer Fremdsprache, weniger schlagfertig war.

Ich war noch furchtbar jung, wir feierten unseren neunzehnten Geburtstag, als ich im Stab anfing. Generaloberst Dietl sah ich bei der Arbeit jeden Tag. Elma fand das aufregend, doch ansonsten war sie der Ansicht, dass wir uns vorsehen sollten. Jeden Abend saßen wir artig mit ihr in der Stube und stopften und strickten Socken, um sie unbekannten Soldaten in die Frontpost zu stecken, ganz im Sinne der Frauenorganisation Lotta Svärd.

Du allerdings warst weniger artig. Dich sehe ich vor allem hin- und herflattern, am Radio drehen, ausführlich von deinem Tag und den Kunden im Laden erzählen und nach meiner Arbeit im Stab fragen. Darüber, dass wir uns voneinander entfernten, redeten wir nie, dabei geschah es unaufhaltsam, genau in dieser Zeit. Wir marschierten in unterschiedliche Richtungen, ich mit noch längeren Schritten. Das tat weh. Einerseits lockerte und befreite es, andererseits machte es einsam.

Dieses Jahr verging viel schneller als ein Schuljahr, aber wir merkten es nicht. Nachts schlief ich neben dir in der Dachkammer, tags stellte ich im Stab meine Arbeitskraft zur Verfügung, abends half ich Elma und Papa. Ich schrieb Rechnungen ins Reine und prüfte das Kontobuch. Am Wochenende ging ich mit Max aus, wir saßen im Café oder sahen uns im *Haus der Kameradschaft* Filme an. Ich beschloss, mich zu verlieben. Während du im Laden bliebst und auf ausgetretenen Pfaden gingst, passierte in meinem Leben ständig Neues. Das belastete unsere Beziehung. Papa erkannte sofort, dass er dir – jetzt, wo ich nicht dabei war – keine weitere Verantwortung übertragen, geschweige denn Geldangelegenheiten anvertrauen konnte. Allerdings konnte man förmlich mitverfolgen, wie dir die Arbeit am Verkaufstresen und das Geputze im Laden zunehmend langweilig wurden. In deinem Leben gab es nicht einmal Romantik. Ich schätze, das war hart für dich. Einmal sah ich auf deinem Schreibtisch ein Faltblatt von der Zeichenschule. Warum nicht, es hätte ein Fluchtweg sein können. Ich sagte nichts dazu.

Mein Deutsch wurde besser und besser, und hier unterstützte Max mich wirklich, half mir auch mit der Aussprache. Dass ich als junge Frau erfreut war über die Zuwendung eines attraktiven deutschen Offiziers, ist sicher nachvollziehbar. Trotzdem musste ich im Nachhinein feststellen, und bekam es deutlich zu spüren, dass ich falsch gewählt hatte. Unsere Beziehung entwickelte sich langsam, über Händchenhalten und scheue Küsschen kamen wir über Monate nicht hinaus, und gerade deshalb erinnere ich mich gut, wie verdattert ich war, als Magister Laine eines Samstags in den Laden trat – er sah aus wie im Klassenraum – und sagte, er habe bedauerliche Gerüchte über mich gehört. Ich solle gut aufpassen, einen besudelten Ruf kriege man nicht mehr sauber. Heutzutage redet man über solche Dinge nicht mehr, vieles ist jetzt anders als damals. Besser.

Damals lag es, wie mir inzwischen klarwurde, wohl daran, dass wir ohne Mutter aufwuchsen. Zwar hatten wir Elma, die praktisch zur Familie gehörte, aber sie war unverheiratet, und auch sonst war sie uns nur in wenigen Bereichen eine glaubwürdige Autorität. Laine fühlte sich wahrscheinlich für seine ehemaligen Schülerinnen verantwortlich und empfand es als Pflicht, uns seine Besorgnis mitzuteilen. Damals wurde ich wütend. Die Sauberkeit meines Rufs ging nur mich etwas an, darum musste sich kein Magister kümmern, und das sagte ich auch so. Jedenfalls in meiner Erinnerung, die Sache ist lange her. Ich stelle es mir gern so vor, denn genau so wollte ich sein. Du dagegen warst wirklich so.

Tatsächlich ging es mit Max deutlich zäher voran, als Laine annahm. Wir sprachen uns bei der Arbeit, sofern wir dazu kamen, und versuchten uns nach Möglichkeit abends und an den Wochenenden zu treffen. Ich erfuhr, dass Max' Mutter während der Bombenangriffe aufs Land evakuiert worden war und nun wieder in Hamburg lebte, ganz allein in einer großen, wie durch ein Wunder unversehrt gebliebenen Dachwohnung, an einer Straße mit vielen Linden. Und dass Max von allen Monaten den April am liebsten mochte, denn der brachte den Frühling und obendrein Hitlers Geburtstag. Er könne schlecht tanzen, meinte er, sei aber in der Schule – außer im Kunstunterricht – überall der Beste gewesen.

Erst im Frühling besuchte er mich zu Hause; wir deckten selbstverständlich das edle Kaffeegeschirr unserer Mutter. Die Uhr ging merkwürdig langsam, auch Papa schaute immer wieder unruhig aus dem Fenster. Nie zuvor hatte ein potentieller Bräutigam unser Haus betreten, von Viljami war damals noch keine Spur. Max präsentierte sich wohlerzogen, schenkte Papa Zigarren und dir, Lempi, Seidenstrümpfe, dabei hatte ich gesagt, er brauche nichts mitzubringen, wir hätten alles im Laden und gälten ohnehin als zu vornehm. Da ihr nur wenig Deutsch konntet, du und Papa, dolmetschte ich das Tischgespräch. Die Seidenstrümpfe wirst du in Pursuoja kaum gebraucht haben, schätze ich.

Bei diesem Besuch beunruhigte mich am meisten die Frage, wie Max und du aufeinander reagieren würdet. Kindisch, aber ich war schließlich noch ein Kind: Ich hatte Angst, er würde sich in dich verlieben. Ich war mir seiner Gefühle überhaupt nicht sicher. Du warst die Attraktivere, und ich fürchtete, er würde in mir plötzlich eine Art Aperitif sehen, der die Stimmung hob, die Sinne anregte und ihn weiterführte zu dir. Ich kannte es nicht, etwas ohne dich zu haben, hing noch zu sehr an dir, um mich als von dir unabhängig wahrzunehmen. Ich beobachtete unauffällig, ob es Anlass zur Sorge gab, konnte aber nichts entdecken. Vermutlich war die Sprachbarriere ein Problem.

Mit diesem Besuch wurde Max offiziell zu meinem Verlobten. Das war damals die Bedeutung eines solchen Besuches. Papa sagte nur knapp: Ein anständiger junger Mann, und als du und ich abends in der Sauna saßen, sagtest du dasselbe. Anständig, aber nicht romantisch genug. Das kränkte mich, selbstverständlich war Max romantisch. Aber dein Blick war schärfer als meiner. Doch damals konnte ich das nicht annehmen. Mit der Seife in der Hand stand ich da und fühlte das Wasser vom Hals bis zu den Füßen laufen. Mir war plötzlich kühl, der Raum war dunkel, nur von einer Kerze beleuchtet, und ich behauptete, Max' und meine Zweisamkeit sei die zärtlichste und erotischste der Welt und du wärst nur eine alte eifersüchtige Jungfer. Wir stritten uns selten, aber da raubtest du mir den letzten Nerv. Solltest du dir doch selbst einen Bräutigam suchen, einen besseren, wenn du so genau wusstest, was Liebe ist. Trotzdem hätte ich mir verkneifen sollen zu sagen, du kämst sowieso nie an einen Deutschen ran, weil dein Kopf voll Stroh sei und keine Fremdsprachen behalten könne.

Ich hätte doch auf dich achtgeben sollen. Aber ich war furchtbar wütend. Ich wollte unbedingt, dass Max und ich ein gutes Paar wurden, wie andere auch, etwa Kirsti und Hans. Auch auf uns würden dann alle schauen und sagen: Wie gut die zusammenpassen, die sind ja richtig in Brunft. So ist man als junger Mensch, man will sein wie die anderen, wie Leute, die man bewundert. Dabei wäre es klüger gewesen, die Realitäten anzuerkennen. Doch das ist von einem jungen Menschen viel verlangt.

Tatsächlich war ich nicht die Einzige. Nicht wenige hatten eine Romanze mit einem Deutschen, und im Grunde war das nur natürlich, wir waren jung und begegneten einander tagtäglich. Daran war nichts Hässliches, jedenfalls nicht, was mich betraf. Max und ich gingen Hand in Hand am Fluss entlang, und ab und zu lehnten wir uns an einen Baum und küssten uns. Das gehörte dazu, darüber hatten wir Mädchen uns untereinander ausgetauscht, auch mit Kirsti. An deren schlechte Haut würdest du dich sicher sofort erinnern, wenn du hier wärst, Lempi. Aus dem, was Kirsti erzählte, schloss ich, dass es nicht lange beim Küssen und Seufzen bleiben würde. Ich hoffte, Papas Worte würden nun wahr werden und mein Schicksal mich woandershin führen. Als Max' Hände meinen Rock hochschoben und das Bein des Höschens zur Seite zogen, stellte ich mir vor, in Hamburg zu leben, wo Max herkam, und ließ ihn mit seinem Finger tun, was er wollte. Ein bisschen massieren, nicht weiter gefährlich. Sogar ganz entspannend, wie Kirsti sagte. Richtig darauf einlassen konnte ich mich allerdings nicht, ich musste sogar kichern. Max nicht.

Zu dieser Zeit lasen wir beide uns in der Dachkammer gegenseitig aus *Das Liebesleben in der Ehe* vor, ein Buch, das wir in Mutters alten Sachen gefunden hatten. Ob es wohl wehtut, überlegtest du, und ich mutmaßte: Wahrscheinlich nicht, war ich doch um einen Finger erfahrener. Du konntest dir nicht vorstellen, wie das Ganze überhaupt funktionieren sollte; damals gab es an der Schule noch keine Sexualkunde, und die unerfahrene Elma nützte uns als Informationsquelle auch nichts. Sowas wagt ihr, zischte sie, als wir sie auszufragen versuchten. Das bringt euch die Natur schon bei, hätte man uns trösten können, uns kleine Polarfüchse, unwissende, vom Vater erzogene Unschuldslämmer, wie hätten wir uns auskennen sollen. Die Methode von Max kam in dem Buch nicht einmal vor. Erst später verstand ich sie, als ich noch mehr las und mir allmählich einen Reim auf alles machen konnte. Doch als ich damals auf meiner grünen Filzdecke saß und im *Liebesleben* blätterte, legte ich mir zurecht, dass die Methode zum Beisammensein sehr junger Menschen gehörte und noch nicht zur Ehe, und ich sagte mir, es werde schon nach und nach besser werden. Du liebe Güte, wie dumm man doch sein kann.

In diesem Zustand benebelter Sehnsucht hätte ich mir nie vorstellen können, dass mich mein Handeln zu einer Hure machte, wie es später hieß, außerdem war es immer Max, der die Initiative ergriff und handelte, ich stand ja bloß passiv da. Und bildete mir ein, die Liebe sei etwas, das sich einfach ereignete, und nichts, worüber man reden müsse. Ich wagte nicht, dir zu offenbaren, wie es wirklich stand, aber wahrscheinlich hast du es geahnt. Auch da befanden wir uns an einer Kreuzung, und ich entschied mich gegen dich. Ich hätte es einfach nicht geschafft, darüber zu sprechen. Der Hauptgrund war: Ich fühlte mich in dieser Angelegenheit schon damals als Versagerin, und über so etwas lässt sich nicht einmal mit der eigenen Zwillingsschwester reden. Es war einfacher, mich leidenschaftlich zu geben, hingebungsvoll zu seufzen und hier und da anzudeuten, ich könne die Zeit als Ehefrau kaum abwarten.

Angst hatte ich vor der Liebe nicht. Ich erwartete sie. War für sie bereit und hielt mich für sie bereit. So, wie man es in dieser Lebensspanne tut.

In diesem Frühling, kurz vor all dem, was dann kam, hast du laut darüber nachgedacht, wie es wäre, wenn du dich verliebtest. Wir hatten keine Ahnung, wohin uns das führen würde. Ich selber weiß bis heute nicht genau, wie sich ein echter Liebesrausch anfühlt, der alles durcheinanderwirbelt, obwohl ich das damals von mir behauptet hätte. Ich wäre gekränkt gewesen, hätte man meine Einschätzung angezweifelt. Ohne mit der Wimper zu zucken, hätte ich gesagt, Ja, ich lebe eine große Liebe, und das bedeutet neue Möglichkeiten und die Chance auf ein Leben in einem großen, reichen Land, dazu Ohrenbeißen, Reiben auf der Kleidung, Unterhaken beim Spazierengehen und Augenzwinkern, wenn keiner hinsieht.

Ob man sich in jeden x-Beliebigen verlieben könne, hast du dich gefragt; die anderen Mädchen um uns herum schickten eifrig Briefe an die Front, an Männer, die sie nie gesehen hatten. Wir taten das nicht. Ich wegen Max, und du, weil du einen wolltest, der Finnisch sprach und am Leben war, keinen Fremdsprachigen oder einen, der sowieso bald fiele. Damit gab es für dich kaum Kandidaten. Witwen werden wollten wir beide nicht. Papa hätte unser Gespräch nicht gutgeheißen, zum Glück kam er nie zu uns nach oben. Ich konnte ihn mir in dem Kuddelmuddel aus Unterröcken und Haarnadeln auch wirklich nicht vorstellen, und von der knarrenden Treppenstufe, der dritten von oben, hatte er sowieso keine Ahnung. An den Dachschrägen hätte er sich bestimmt nur den Kopf gestoßen. Armer Papa.

Die großen Gefühle haben mich mein Leben lang gemieden, obwohl ich das in meiner Jugend noch anders gesehen habe. Liebe war irgendwie eine schwierige Angelegenheit, blinzelte nur spöttisch aus den Worten anderer Leute hervor, aus bereits vergangenen Zeiten und Namen, die im unpassendsten Moment rausposaunt wurden. Vielleicht war die Liebe bei mir in dem Augenblick da, als Max auf meiner Schreibtischkante saß, lächelte und seine regelmäßige Zahnreihe zeigte. Da schien alles in die richtige Richtung zu laufen. Aber sonst – nein. Für mich ist sie nur ein Wort, das ständig wiedergekäut wird.

In meiner Ehe wurde nie über sie gesprochen, und unsere gemeinsame Geschichte war sicherlich zu keinem Zeitpunkt eine große Liebesgeschichte. Ich habe mich mit weniger begnügt. Spontan gekaufte Lieblingsschokolade, eine für mich bereitgestellte Kaffeetasse, ehe er zur Arbeit ging, manchmal Füße eincremen. Wir hatten ein gutes Verhältnis, und ich einen anständigen Mann. Alle unsere Freunde sagten, wir machten einen glücklichen Eindruck. Dem ließ sich leicht zustimmen, und es war ja auch so. Im Vergleich zu vielen anderen war unsere Beziehung in Ordnung. Wir respektierten einander. Wir schätzten einander, oder jedenfalls lernten wir es, allem zum Trotz. Man muss bedenken, wie kompliziert die Ausgangsbedingungen waren, mit unterschiedlichen

Hintergründen. Aber leidenschaftliche Liebe – nein, davon weiß ich nichts.

Einfach einer, der am Leben ist und Finnisch spricht. Diese Worte griff ich auf, und das führte zu einer Wende und drehte den Kompass unserer Dachkammer Richtung Pursuoja. Wir hörten Papa unten noch einmal die Tür öffnen, den Flur entlanggehen und die Kaminluken schließen, unter unseren Decken hatten wir es gemütlich warm. Du traust dich nicht, flüsterte ich, die Augen auf das altbekannte Muster an der Decke gerichtet. Ich wusste, wie das Spiel lief, und vermied den Blick zu dir: Du wirst es nie wagen, einen Mann verliebt anzusehen, olle Jungfer du. In deiner Reaktion schwang ein Lachen mit, wir stritten nicht, es war unsere Art zu reden, unsere vertraute Nähe. Wir kannten unsere Grenzen, lasen gegenseitig unsere Gedanken, selbst im Dunkeln.

Ich hörte es rascheln, du setztest dich ruckartig auf und sagtest: Wetten?, und ich durfte mir aussuchen, worum. Deinen silbern eingefassten Spiegel und dein neues Kostüm, so vereinbarten wir, die würde ich kriegen, wenn du einen Rückzieher machtest. Es sollte der Erste sein, auf den deine Worte passten und der allein den Laden betrat. Den würdest du dir schnappen. Außer dem alten Alatalo, so weit kam ich dir entgegen. In den bräuchtest du dich nicht zu verlieben.

Morgens beim Aufstehen, es war ein Samstag, sahen wir uns gegenseitig an, erst ein bisschen skeptisch. Abgemacht, signalisierte ich dir mit meinem Nicken, knotete mir die Schürze im Rücken zu, beide mussten wir kichern. Den Tresen sauber zu wischen und den Boden zu fegen, fühlte sich mit einem Mal gar nicht mehr nach der öden alten Arbeit an, jetzt, wo ein spannendes Spiel lief. Wir mussten nicht lange warten. Die Glocke bimmelte, und Magister Laine trat ein: Guten Tag, die beiden Mädchen, aha, und so weiter. Ich knickste, du stelltest dich hinter Laine und verdrehtest die Augen: Nie und nimmer, griffst dir an den Hals, als würdest du dich erdrosseln. Ich lächelte unseren ehemaligen Lehrer freundlich an und fragte: Was darf's sein?, du ließt dich hinter ihm auf die Knie fallen, strecktest die gefalteten Hände in die Höhe und flehtest um Gnade.

Als Laine den Laden verlassen hatte, bogen wir uns vor Lachen. Dann sah ich durchs Fenster jemand anderen auf den Laden zukommen und flüsterte: Pssst, jetzt aber Ruhe. Papa schärfte uns stets ein, man dürfe in Kriegszeiten nicht herumalbern, das verletze die Gefühle der Leute. Unser Auskommen konnte von winzigen Dingen abhängen, schon allein deshalb sollten wir uns benehmen. Du hast dir die Lachtränen aus den Augen gewischt, dich aufgerichtet, das Haar geglättet und zur Tür gesehen. Herein kam ein großer blonder Mann, der etwas verlegen wirkte, ich erinnerte mich, ihn früher schon gesehen zu haben. Während er an den Tresen trat, verschwand ich hinter ihm Richtung Tür. Von dort dirigierte ich dich mit Blicken und Gesten und beobachtete genau, wie weit du zu gehen wagtest. Als ich einen Kussmund zog und mit dem Zeigefinger auf meine Wange tippte, konnte ich die warme Haut des jungen Mannes mit meinen eigenen Lippen spüren.

Mit deiner Verkündung, du habest das Aufgebot bestellt und es hänge auch bereits aus, überrumpeltest du Papa und Elma völlig. Und mit wem, bitte?, polterte Papa. – Viljami Pursuoja, er hat einen Hof. – Und woher kennst du den Grünschnabel? Doch es war klar, woher. Die gute Elma brach in Tränen aus und rannte in die Küche, ich weiß noch genau, wie sie dort schluchzte: So ist das also gegangen, nach unten heiratet sie! Das arme Ding, wir hätten noch besser auf sie aufpassen müssen. Dabei war es doch ganz anders. Und du warst plötzlich eine verheiratete Frau, lange vor mir. Alles hing merkwürdig schief, noch vor kurzem hätten wir den Namen Pursuoja mit nichts und niemandem in Verbindung gebracht. Max dagegen ging bei uns zu Hause und mit seinem Finger bei mir ein und aus, zum Thema Hochzeit aber hieß es bloß, irgendwann in Deutschland.

Einen Tag vor der Trauung packten wir gemeinsam deine Sachen. Du hast die großen Koffer geholt und dir die Hälfte der Bettwäsche genommen. Auch ich leerte den Wandschrank von meinen Sachen und breitete mich dann neu aus, auf Zonen, die ich vorher nie benutzt hatte. Meine Bücher und den hübschen Porzellanhund stellte ich nun in dein Regal. Ich überlegte sogar, ab sofort auf deiner Hälfte zu schlafen, stellte mir vor, in deinem Bett aufzuwachen und den Tag ein bisschen so zu beginnen wie du. Max würde das gefallen, da war ich mir sicher. Trotzdem, vor allem fühlte ich mich niedergeschlagen. Das lag an zwei Dingen. Du schienst dir überhaupt keine Gedanken zu machen, warst über den Abschied von mir nicht traurig. Ich konnte nichts dergleichen an dir bemerken, und das belastete mich. Und außerdem trugst du einen richtigen Ring, einen schmalen goldenen, ich dagegen nur eine Brosche, ein kleines Edelweiß. Max begriff offenbar nicht, dass ein Ring dazugehörte. Du hast beim Packen ab und zu innegehalten, deine Hand ausgestreckt, die Finger gespreizt und das goldene Funkeln betrachtet. Ich räumte meine Sachen Stück für Stück auf deine Seite und fragte, ob du *Das Liebesleben in der Ehe* mitnehmen willst. Du verneintest. Wir kannten die wesentlichen Passagen sowieso auswendig, nur die Wechseljahre hatten wir weggelassen. Dabei wäre auch dieser Teil wichtig gewesen. Ich habe das Buch nie wieder auftreiben können, trotz antiquarischer Suche. Es wäre schön, die Dinge noch einmal zu lesen und sich an unsere damaligen Vorstellungen zu erinnern.

Du kommst mich doch besuchen?, hast du gefragt. Du trugst ein blaues Kleid mit neuartigem Ausschnitt, der mir gut gefiel. Du sahst mich nicht an, als ich lachte und schnaubte, du würdest ja nicht ins Ausland ziehen, nur nach Pursuoja am Korvasjärvi, wenige Stunden entfernt, ich dagegen würde nach Deutschland ziehen, sobald Max einen entsprechenden Befehl erhielt, und dann müsstest du mich im Ausland besuchen. Doch würde ich sicher ein extra Gästezimmer für dich haben, und wenn Viljami dich nicht allein reisen ließe, kämt ihr eben zusammen. Mit euren Kindern, die sicher auch bald da wären. Solche Dinge sagten wir, und irgendwann legten wir uns ein letztes Mal zusammen in unsere Betten unter den Dachschrägen. Ich hatte einen schmerzhaften blauen Fleck am Arm und musste mich auf die andere Seite drehen. Wäre der Fleck dir in der Sauna aufgefallen, hättest du bestimmt nach der Ursache gefragt, aber du hast ihn nicht bemerkt.

Wir konnten lange nicht einschlafen. Kalt war es außerdem. Tags wärmte die Sonne schon das Haus, aber nachts sanken die Temperaturen noch unter null; der Frühling kam, wie er im Norden kommt, heller wird es schnell, aber zwischen warm und kalt wechselt es wild hin und her. So ist das jetzt, sagtest du. Und ich, dass aus dir nun doch keine alte Jungfer werden würde, obwohl es fast danach ausgesehen hätte. Ich mache immer Witze, sobald es heikel wird. Ich habe versucht, mir das abzugewöhnen, damals saß es noch tief. Viljami ist ein guter Mann, ganz bestimmt, hast du mir versichert, und was sollte ich darauf schon erwidern, jetzt war es zu spät zu sagen, es sei doch nur alles ein Witz gewesen, ein alberner Test, ob man sich in jeden Beliebigen verlieben kann.

Ein Wirbelwind wie du schafft es doch gar nicht, sich dauerhaft häuslich einzurichten. Was, wenn du morgens am See die Eisschicht zerstoßen musst, damit die Tiere Wasser haben. Das verlangt eine beständigere Liebe, als du sie zu bieten hast. Ich sagte, Morgen heizen wir nochmal die Sauna, und ich mache dir die Haare. Und verschwieg, dass ich ohne dich vor Sehnsucht vermutlich sterben würde. Bestimmt wusstest du das auch so.

Aber später musst du auch kommen und meine Brautfrisur machen, sagte ich. Du hast vor mir auf dem Stuhl gesessen, in den Spiegel geblickt und flach geatmet. Dein Hochzeitsmorgen, wie verrückt das doch war. Das ziept und macht mich ganz verrückt, die Nadeln stecken zu fest, meckertest du und konntest kaum stillsitzen. Trotzdem bekam ich eine komplizierte Frisur hin, mit einem Zopf auf dem Kopf und auf beiden Seiten gleichmäßig hochgesteckten Haaren, diesmal sogar ohne lose Strähnchen links, wo es sich sonst schneller lockerte. Das Resultat war wirklich ansehnlich, und ich war mit mir zufrieden. Wenn ich dran bin, machst du mir eine hochgesteckte Rolle, sagte ich, aber du erwidertest, das könne ich doch selbst am besten. Als läge schon in der Luft, dass ich nie eine schicke Brautfrisur brauchen würde.

Die Dinge laufen nicht immer so, wie man als junger Mensch will, im Gegenteil. Man möchte glauben, es gäbe irgendeine Ordnung oder ein Muster, aber weit gefehlt, jedenfalls, was mich betrifft. Kaum dachte ich, Ah, jetzt läuft es so und so, kam es anders. Vor allem im Privatleben. Beruflich glückte mir das Meiste viel besser. Da laufen die Dinge den Regeln und Verträgen entsprechend, zumindest, solange man diese nicht selbst bricht. Was ich durchaus getan habe, schon allein dadurch, dass ich eine Frau bin.

Hast du Angst?, fragte ich und steckte dir mit ein paar Nadeln die Haare am Hinterkopf hoch, damit dein weißer Nacken frei blieb. Du machtest eine schnelle Handbewegung, sagtest aber nichts. Weißt du, wohin du kommst?, wagte ich zu fragen. Hast du eine Vorstellung, was dich dort erwartet? Du hast dich umgedreht, nach meinem Arm gegriffen und gesagt, du seist längst dort gewesen. Vielleicht hatte das aber auch nur im Traum oder in deiner Phantasie stattgefunden. Erstaunlicherweise jedoch hatte sogar ich in diesem Moment eine Ahnung, die sich, viel später, als richtig herausstellen sollte. Du hast mir versichert, dass du weißt, worauf du dich einlässt. Gut, sagte ich, schreib mir, wenn du ein Kind kriegst, ich komme sofort und helfe dir. Zu diesen Worten strich ich dein Scheitelhaar glatt. Du hast laut gelacht und gemeint, vielleicht ginge es bei mir viel schneller als bei dir.

Ich konnte mir nicht vorstellen, dass Viljami dich schon an den entsprechenden Stellen angefasst hatte, er war schüchtern, errötete schnell und wirkte immer leicht aufgescheucht. Doch ich wusste ja, was dich erwartete, und lächelte dir durch den Spiegel zu. Ihr würdet es schon lernen, vielleicht massierte Viljami dich sogar länger, irgendwie würde es schon zu einem guten Ende kommen, so glaubte ich damals noch. Ich bildete es mir fest ein, und ansonsten wäre ja auch ein wenig Wärme nicht schlecht. Ich bekam sie immerhin.

Als du und Viljami den Kirchgang entlangkamt und ich mich vorn in der Bank zu euch umdrehte, musste ich mich zusammennehmen, um nicht zu weinen. Es war wieder eine Kreu-

zung, jetzt war ich diejenige, die stehen blieb, und du die, die
weiterging. Die ganze Situation war höchst aufgeladen, du
im weißen Kleid, der Bräutigam blass und glatt wie ein
Schwalbenei, und Papa, der vor lauter Fingerzittern fast das
Gesangbuch fallen ließ, schwer atmete und sich schutzsu-
chend an die Bank lehnte. Obwohl ich mit meinem eigenen Gefühlssturm beschäftigt war, tat er mir entsetzlich leid.
Heute weiß ich, dass mein Mitleid im Grunde mir selbst galt
und ich dich beneidete. Mit jedem Schritt, den du tatst, ent-
ferntest du dich weiter von mir und gingst auf einen Ort zu,
von dem du nie wieder in unsere gemeinsame Sphäre zu-
rückkommen würdest.

Ich beneidete dich um deine Eheschließung, um die ver-
zauberten Blicke deines Mannes, um das Versprechen, das
ihr euch gabt. Stocksteif saß ich da, starrte auf deinen Rücken und sah dich ein- und ausatmen, konnte nachfühlen,
wie die Haarnadeln deine Kopfhaut berührten, vor allem
links. Da standst du, durftest als Braut neben deinem Mann
gehen und ab sofort einen Ehering tragen. Und dann bist du
in die Nähe des Kirchdorfs ganz oben im Norden gezogen,
wurdest die Frau im Haus, in deinem neuen, eigenen Heim.
Ich blieb zurück. Alles hatte sich so entwickelt, wie es auch
vorher gewesen war: Ich war die Vernünftige, und du die zu
Abenteuern Angestiftete. So fühlte es sich in diesem Moment an.

Ich ging natürlich davon aus, dass auch ich heiraten würde, aber die Tatsache, dass du es schon hinter dir hattest,
obendrein durch eine Wette, einen Witz veranlasst, einen

Streich, den ich dir spielen wollte, und dass du schneller gewesen warst, obwohl es Max gab – das war hart für mich. Ich sah eure Blicke, spürte deine neue Haltung und war mir plötzlich sicher, ihr würdet es gut miteinander haben, unreife Wildbeeren, die ihr beide wart. Wahrscheinlich hattet ihr auf Anhieb die Liebe gefunden, oder eben etwas später, woher will ich das schon genau wissen. In dieser Hinsicht machte ich mir also wenig Sorgen, wenn ich ehrlich bin, sogar überhaupt keine, denn in irgendeinem Winkel war ich erleichtert, dass sich nun jemand anderes um dich kümmern würde. Ein befreiender Gedanke. Mir blieb das stolze und erhabene Alleinsein, so legte ich es mir zurecht.

Um unseren Vater machte ich mir erst recht keine Sorgen. Eine Woche nach der Hochzeit saß Max bei ihm im Zimmer, und sie rauchten. Ich lehnte am Türrahmen und sah zu, musste fast kichern dabei. Im Grunde war ich haarsträubend jung, und es hatte durchaus etwas Komisches, wie nun innerhalb kurzer Zeit der zweite Bewerber bei uns vorstellig wurde. Ich würde mich an ihn binden, wie ich zuvor an dich gebunden war. Noch saßen sie da, Papa und Max, alles lag erst vor mir. Doch eine Frau war ich schon, was Papa angeblich nicht ahnte, ganz selbstverständlich schüttelte er Max' Hand, die jetzt eine Zigarette hielt und später wieder an meine intimen Stellen wandern würde. Ich goss ihnen Kaffee ein, echten, von Max mitgebrachten, und bot Elmas mürbe Kamm-Kekse und frischen Labkäse an. Max aß beides, nahm aber nicht nach. Er sah mich so lange an, bis ich fast rot wurde.

Meine Güte, ich war neunzehn! Aus heutiger Sicht ein Kind, und Max war nicht wesentlich älter, höchstens fünfundzwanzig. Seine eisblauen Augen, die dennoch warm wirkten, blitzten mich durch das Brillengestell an, und später, als wir am Tor standen und uns verabschiedeten – meine Lippen taten bereits weh –, sagte er, nun würde er mich endlich nach Hamburg bringen. Ich hätte auf der Stelle die Koffer packen können! Und du hättest gesagt: Klar, geh, ich würde auch gehen. Aber du warst ja nicht mehr da, du hast bei Viljami gelebt und seine mageren Kühe gemolken.

Von denen und überhaupt von der Arbeit auf dem Hof schriebst du mir in deinen Briefen und versuchtest tapfer zu klingen, aber ich wusste, wie es aussah. Aus dem Laden kannte ich genügend Bäuerinnen, und ich hoffte, du würdest nie so werden: verwaschenes Kopftuch, raue Hände und eine unendliche Müdigkeit im Gesicht. Glücklicherweise hatte Viljami gleich am Anfang beschlossen, dir das Leben zu erleichtern, und eine Magd ins Haus geholt, Elli. Dass sie ein schwarzes Schaf, ein schreckliches Biest war, wie später herauskam, ahnte zu der Zeit niemand, und so freute ich mich, dich bei der Arbeit unterstützt und in weiblicher Gesellschaft zu wissen. Melken würdest du sicher schnell lernen, dass es kompliziert war, konnte ich mir nicht vorstellen.

Und so schrieben wir uns. Du warst keine große Briefschreiberin, und auch mir gingen oft die Worte aus, aber ich konnte immer erraten, wie es dir ging, ich wusste es. Auch wenn dein Weg dich noch so weit fortführte – es gibt Verbindungen, die nicht abreißen, die, wenn man gemeinsam geboren wurde, direkt von Herz zu Herz gehen. Und wenn noch so viele Kilometer dazwischenliegen. Ich bin ein eher rationaler Mensch, doch so viel ist gewiss.

Du konntest den Ehestand nicht lange genießen. Schon nach Neujahr musstest du dich ohne Viljami um den Hof und die Tiere kümmern – du, die man zu Hause mehrfach zum Bettenmachen auffordern musste, ehe etwas passierte. Das war bestimmt nicht leicht für dich. In der ersten Zeit hattet ihr die Arbeit noch zu dritt erledigen können, Viljami, die Magd und du, doch dann wurde Viljami einberufen. Du hast versucht, lustig zu klingen, wenn du beschriebst, wie du der Kuh Leinikki beim Kalben halfst oder wo im Haus und im Stall die Verstecke eingebaut waren für den Fall, dass ein Fallschirmjäger käme. Aber ich las zwischen den Zeilen. Dort stand in einem späteren Brief auch, dass du ein Kind erwartetest, ich konnte es im eigenen Körper fühlen.

Ich versuchte, einen Besuch bei dir einzurichten, mehrmals hattest du mich eingeladen, doch am Ende wurde nie etwas daraus. Du wiederum trautest dich in deinem Zustand nicht, die lange, ruckelige Autofahrt zu uns anzutreten, und so wurde es nichts mit dem Wiedersehen. Mir gefiel der Gedanke nicht, Max unbegleitet zu all seinen Terminen und den Feierlichkeiten im Haus der Kameradschaft gehen zu lassen. Ständig war etwas los, das Leben spulte sich einfach ab. Mich heute darüber zu grämen hilft nichts, und auf Max schieben kann ich es auch nicht, ich selbst habe so gehandelt. Trotzdem belastet es mich, nie bei dir gewesen zu sein. Dabei hatte ich dir doch zur Hand gehen wollen. Manchmal wurde ich nachts sogar aus dem Schlaf gerissen, von deinen Träumen. Ich weiß nicht, welches Leben beängstigender war: das in Pursuoja oder das in Deutschland, in das ich mich stürzte.

Mit den Jahren habe ich gelernt, dass es klüger ist, nachsichtig mit sich zu sein, und ich versuche es so zu betrachten: Es war eine Lebensphase in meiner Jugend, ein Anfang, da sollte ich auch die positiven Erinnerungen hegen. Ich erzählte der Redakteurin ganz bewusst von Max' guter Laune, den Späßchen, mit denen er mich zum Lachen brachte, seiner deutlichen Artikulation, dir mir half, die fremde Sprache immer besser zu verstehen. Es war eine schöne Zeit. Der Anfang, unbeschwert und unkompliziert, und mein Deutsch machte schnell Fortschritte. Frau Lehtovaara, die Schreibkraft gleich neben mir, lobte mich sehr dafür, auch für meine Reinschriften der Stenogramme. Max jedoch war ihr ein Dorn im Auge, sie zischelte über ihn und warnte mich vor den Deutschen generell. Sie war kinderlos und bestimmt über vierzig, ihr Mann an der Front. Heute denke ich, sie hat sich an unserem Geplänkel gestört, an Max' Füßen auf meinem Tisch und den Zigarettenstummeln im Blumentopf, seinen überschwänglichen Begrüßungen, Fräulein Sisko, Fräulein Sisko, und den plötzlichen Küssen über die Schreibmaschine hinweg. Im Nachhinein geniere ich mich auch ein wenig dafür.

Außerdem gefiel es ihr natürlich nicht, dass ich die Mittagspausen irgendwann nur noch mit Max verbrachte. Vorher hatten wir im Hinterzimmer Tee gekocht, die Beine hochgelegt und unsere Butterbrote ausgewickelt, und während wir aßen, hatte sie mir lang und breit von den Dingen erzählt, die sich änderten, wenn man älter wurde. Geduldig hatte ich ihr zugehört, wohlerzogen, wie ich war, doch innerlich begehrte ich auf und malte mir aus, ihr Gequassel zu ignorieren und stolz das Kinn zu recken. So wie du. Als Max mir dann mittags seinen Arm und ein Stück Kuchen im Café anbot, musste ich nicht lange überlegen.

In diesem ersten Frühling.

In einer Zeit, in der so vieles geschah, ganz plötzlich und überraschend. Frau Lehtovaara erkrankte und musste das Büro verlassen, an ihrem Tisch saß wenig später Alina, die ein Jahr jünger war als ich. Ich hatte sie anzuleiten und sollte auch ihrem Deutsch auf die Sprünge helfen. Allerdings war sie eine erbärmliche Schülerin, und ich ja schon eine Dame von Welt, jedenfalls aus meiner Sicht. Sie kam mir gänzlich unerfahren vor, obwohl uns nur knapp zwölf Monate trennten. Alina hatte ein schmales Gesicht, einen winzigen Mund und die Ausstrahlung eines Schulmädchens. Sie kam später während der Evakuierung ums Leben, auch ihre Kinder, wie ich erfuhr, doch Trauer empfand ich kaum. So viele starben, selbst die Jüngsten, das war normal. Diese Wohnbaracken, von denen hat man später allerhand gehört.

Einmal musste ich Post zum Bahnhof bringen, und als ich zurück ins Büro kam, saß Max auf Alinas Tisch. Ihr Blick flog zu mir, ihre Pupillen erstarrten, ihr Hals wurde puterrot, und ihr Lächeln fiel in sich zusammen, als würden die kleinen Lippen sich blitzschnell nach innen stülpen. Da wurde mir klar: Wenn meine Wünsche sich erfüllen sollten, musste ich die Initiative ergreifen. Max sprang auf, liebste Sisko, wo warst du bloß, ich habe dich so vermisst, mit ausgebreiteten Armen kam er mir entgegen, eine echte Theaterszene. Alina senkte den Kopf, und ich lehnte mich an Max und beschloss, es anzugehen. Dann soll es eben sein, sagte ich mir.

Sicher, ich hatte ein bisschen Angst davor, doch andererseits hatte ich in meinen Träumen im Sommer deine schnellen, freudigen Atemzüge bis in unsere Kammer gehört, obwohl du so weit weg warst, und die verschwitzten Haarsträhnen an deiner Stirn kleben sehen, und von daher ahnte ich zumindest vage, was mich erwartete.

Dass es an Orten dafür mangeln kann, ist Unsinn. Die Triebe lassen einen erfinderisch werden, selbst im tiefsten Winter. Man braucht keine abschließbare Tür, erst recht keine Seidenbettwäsche. Wir gingen für alle Welt sichtbar Hand in Hand umher, da war klar, was hinter der Wegbiegung im Wald passieren würde. Oder in der letzten Sitzreihe im Kino, oder im Unterstand am Fluss. Aber ich hätte in dieser Zeit ein Gegenüber gebraucht, das mir die richtigen Fragen stellt. Auf die ich mit einem Nicken, Kopfschütteln oder Flüstern hätte antworten können. Über sowas kann man schlecht schreiben, und wir hätten auch gar nicht die Worte für das gehabt, was wir erlebten.

Etwas anderes kannte ich nicht.

Und es war eine andere Zeit. Ich ging davon aus, alle Paare würden in etwa das Gleiche tun. Man sprach nicht darüber und wenn doch, dann log man. Ich war sicher, Kirsti log.

Und ich belog sie.

Über eine Schwangerschaft dachte ich nicht groß nach, warum auch, es war genug los. Ich vertraute darauf, dass Max im Fall des Falles ehrenhaft handeln würde. Noch bevor dieser eine Brief von dir kam, merkte ich, wir hatten unseren gemeinsamen Rhythmus verloren. Du erwartetest ein Kind, und ich nicht, und so blieb es auch. Irgendwoher hatten wir Verhütungsmittel, genauer gesagt Max.

Danach war er immer sanft und zärtlich, nannte mich sein liebes, hübsches Mädchen, seine künftige Frau, und wir malten uns aus, wie schön es erst sein würde in einem eigenen Zuhause, in einem eigenen Bett mit Bettwäsche. In Hamburg. Dort würde sich alles zum Guten wenden, ich war mir sicher, in einem Bett würde es sich bequemer, weniger nach Turnen anfühlen. Darauf setzte ich meine Hoffnung und sagte mir, dass ohnehin alles, was man zu dieser Zeit tat und erlebte, nur eine Zwischenphase war. Alle warteten auf die Zukunft, die Gegenwart war nichts als ein vorübergehender Moment, das wirkliche Leben ginge erst später los.

Dann kam es nochmal ganz anders als erhofft oder gedacht. Die Waffenstillstandsbedingungen schockierten alle, und kaum hatte man sie halbwegs verdaut, musste man auch schon los, sofern man nicht bleiben wollte. Papa ging auf und ab und sah plötzlich sehr alt aus, es war eine hoffnungslose Situation. Ein ganzes Geschäft lässt sich nie und nimmer vollständig einpacken, wie mir beim Anblick der Frachtstücke am Bahnhof klarwurde, es wimmelte nur so von Menschen, Möbeln, Koffern und Schachteln. Ich versuchte, kräftig mitzuhelfen, im Stab brauchte man mich ohnehin nicht mehr. Elma und ich packten ein, so viel wir konnten, und nagelten die Kisten aus Birkenrinde fest zu. Anstrengende Tage waren das, von Max kaum eine Spur. Er musste seinen eigenen Pflichten im Stab nachkommen, packen und anscheinend auch Dokumente vernichten, und wenn er abends zu Besuch kam, schien ihm bange zu sein, leicht verschreckt stand er in der Tür. Was wird aus uns, fragte ich ihn, bemühte mich um deinen Tonfall, Lempi, um Mut und Direktheit. Statt zu antworten, nahm er meine Hand und führte mich an den üblichen Ort, und mit dem Rücken am Baumstamm ging mir allerhand durch den Kopf. Ich weiß noch, dass ich dachte, der arme Mann, eine schwere Zeit, woher soll er wissen, wie es weitergeht, niemand weiß es. Auch an dich dachte ich, ich wusste ja, dass du hochschwanger warst, es konnte jederzeit losgehen in Pursuoja. Heute würde man von einer schlechten Verbindung sprechen. Jedenfalls gab es reichlich Störungen, denn ich fand keinen Kontakt mehr zu dir und deinen Gedanken.

Papa war sowieso am Ende seiner Kräfte, und nun machte er sich auch noch deinetwegen Sorgen. Mitten in dem Schuften und Rackern ging mir die Dimension des Ganzen nicht richtig auf, dabei hätte ich sie erfassen müssen. Es war wegen unserer Mutter. Wir mussten ihr Grab auf dem Kirchhof zurücklassen, Papa ging eine Woche lang jeden Tag hin und nahm Abschied. Dabei hätte es weiß Gott Dringenderes gegeben, und irgendwann sagte ich ihm das auch. Das hätte ich lieber lassen sollen. Jetzt setzt du dich mal hin, erwiderte

er, wir standen im Hof, kleinlaut nahm ich in der Garten-
schaukel Platz; ich hatte ihn vom Friedhof abgeholt und das
Rad neben ihm hergeschoben. Er setzte sich zu meiner Linken. Sisko, du bist meine Tochter, und da solltest du begreifen, wie schwer es ist, dass ich eure Mutter nicht mitnehmen
kann. Seit eurer Geburt bin ich mit euch allein, doch sie war
immer in der Nähe, und nun müssen wir fort, und sie bleibt
hier. Ich nickte, verstand jedoch nur halb, zu viele Gedanken
wirbelten mir durch den Kopf. Papa legte einen Arm um
meine Schulter und zog mich an sich, dann sagte er: So, und
nun gehen wir wieder rein. Diese Erinnerung möchte ich be-
wahren. Vieles andere hätte ich lieber vergessen.

Als Papa irgendwann aus der Zeitung *Lapplands Volk* vorlas,
was ich auch schon gehört hatte, sagte er: Diese hohlen Phra-
sen, die glaubt doch kein Mensch mehr, es wird schlecht ausgehen. Es war August, wir saßen in der Küche, und abends
half ich ihm im Lager und sah, wie er die Mehlkisten und
andere Behälter in Augenschein nahm und angesichts der
vielen Lebensmittel bekümmert seufzte. Ich versuchte, ihn
aufzumuntern, plapperte betont sorglos daher, baumelte mit
den Beinen, so wie du es immer getan hast, und befühlte in
regelmäßigen Abständen das Edelweiß an meiner Brust, zur
Sicherheit. Als Papa seufzte, nie im Leben würden wir so
viele Fahrer kriegen, wir bräuchten mindestens einen ganzen Zugwaggon, sagte ich leichthin: Man muss mit dem Blatt
spielen, das man auf der Hand hat.

Papa belehrte man nicht. Er hob den Kopf, und in seinen

Augen blitzte ein Stück von dir auf, dasselbe durchdringende Dunkel. Doch es war das letzte Mal, dass er seine Kraft aufbot. Dann gab er auf. Dein Verschwinden war der letzte Schlag, von dem hat er sich nicht mehr erholt. Ich war zu der Zeit bereits weit weg und konnte ihn nicht stützen, als er in Österbotten erfuhr, dass er nun alles verloren hatte. Ein Trauerspiel, sein Leben. Er muss so matt gewesen sein, dass allein die Behauptung, du habest dein Kind verlassen und seist im Wagen eines Deutschen Richtung Norden verschwunden, ihn zugrunde richtete. Doch schon davor war er ein gebrochener Mann. Immerhin war Elma stets dagewesen. Auch wenn sie keine Mutter war, hatte sie uns dreien immer Schutz und Sicherheit vermittelt. Nun ist nichts und niemand mehr da. Alles futsch, auch die von Elma und mir vernagelten Birkenkisten. Keine einzige ist wieder aufgefunden worden, alle sind verschwunden oder verbrannt. Bei seinem Aufbruch hatte Papa letzten Endes nur eine kleine Reisetasche dabei, mit Kleidung zum Wechseln, Aktienscheinen, etwas Trockenfleisch und Zucker. Sein Portemonnaie steckte wie üblich in der Brusttasche. Vermutlich hatte er sämtliches Bargeld hineingestopft. Alles andere ließ er im Moment der Evakuierung zurück.

An meinem letzten Abend stand ich unruhig in unserer Dachkammer und starrte auf dein Bett, das schon lange nicht mehr bezogen war. Ich hatte den Umzug auf deine Seite dann doch nicht gemacht und war auf meiner Seite geblieben. Ich versuchte mich zu sammeln, konzentrierte mich auf die Bilder unserer letzten Begegnung, deine Hochzeit. Nach der Kirche hast du dich in die Mitte der Fahrerkabine gesetzt und nach vorn geblickt, weder zu deinem Mann noch zu mir. Und in deinem neuen Zuhause habe ich dich dann kein einziges Mal besucht.

Du warst jetzt schlechter dran als ich, daran gab es keinen Zweifel, ich wusste ja, die Geburt konnte nicht mehr weit entfernt sein. Ich dachte an unsere Mutter und ihr Schicksal, und an meine Nähe zu dir in ihrem Bauch. Würdest du jetzt noch reisen können, in dem Zustand? Würden die Wege uns in Rovaniemi wieder zusammenführen? Ich hatte schon einige Tage keine Post mehr von dir erhalten, auch die innere Verbindung schien unterbrochen. Ob irgendetwas passiert war? Sollte ich mich sofort aufmachen, nach dir suchen und dir beistehen? Und Max? Ich stand in der Kammer und hatte nicht die geringste Vorstellung, was werden würde. Ich zog mich aus, wusch mich und legte mich ins Bett. Die Nacht war qualvoll lang. Ich hatte keine Ahnung, wie es am nächsten Tag weiterginge, wenn Max die Innentür aufstoßen und rufen würde: Los, über Norwegen nach Hause! Dann erst würde ich realisieren, dass von nun an Hamburg meine Heimat wäre.

Alles ging ruckzuck. Elma gefiel mein Vorhaben gar nicht, und sie sagte es mir ins Gesicht, da reist du also ohne Trauschein! Ich entgegnete, wir würden doch am Ziel sofort heiraten, so wäre es geplant, und pfefferte meine Kleider in eine Birkenkiste. Zu der Zeit war es höchst ungewöhnlich, mit einem Mann ins Ausland zu gehen, noch dazu ohne Ring am Finger. Heutzutage kommen und gehen die Leute, wie sie wollen, und das ist sicher gut so. Nie würde ich die alten Zeiten zurückhaben wollen. Ohnehin versuche ich mich auf die Gegenwart einzustellen, ich bin bestimmt keine Nostalgikerin. Ewige Wehmut und Wiedergekäue, das begreife ich nicht. Es ist doch nur gesund, die Vergangenheit hinter sich zu lassen, und wer seinen alten Schmerz loswerden will, kommt nicht darum herum. So auch ich – Jahrzehnte habe ich nicht an die alten Geschichten gedacht. Ich fand es sinnlos. Lieber halte ich den Blick auf die Gegenwart und die Zukunft gerichtet. Das ist auch die Überschrift zu dem Interview, das die Redakteurin anlässlich meines Geburtstags mit mir geführt hat.

Mein Mann, der war ein Nostalgiker, und diese Eigenschaft hat sich im Laufe seines Lebens noch verstärkt. Ich vermute, auch seine Sammelleidenschaft war in der Sehnsucht nach der Vergangenheit begründet. Ich bin fast wahnsinnig geworden, als ich nach seinem Tod die mit Autoteilen aus der DDR-Zeit vollgestopfte Garage entrümpeln durfte. Erstaunlicherweise brachte der alte Schrott noch einiges ein. Im Eckregal fand ich auch alte Briefe aus dem Krieg. Ich habe sie alle gelesen, das hätte vermutlich jeder getan, wirklich Neues musste ich dabei nicht erfahren. Ich habe meinen Mann gut gekannt, im Laufe der Jahre und Jahrzehnte lernt man, aus welchen Bestandteilen der andere zusammengesetzt ist. Unser Leben wäre leichter gewesen, wenn auch er das Vergangene abgeschüttelt hätte.

Solange man jung ist, können die Ereignisse sich noch so überschlagen, man braucht nicht einmal Schlaf. Daran erinnere ich mich gut. Plötzlich hatte ich alles hinter mir gelassen und saß im Auto Richtung Oberlappland und Norwegen. Wir übernachteten in kleinen Zimmern, alles war neu, die Landschaft fremd und weit. Die Doppelzimmer teilten wir paarweise auf, und ich weiß noch, wie Kirsti und ich an unserer jeweiligen Tür standen, die Hand auf der Klinke, und uns ansahen. Kirstis Blick war erwartungsvoll. Wir betraten die Zimmer, schlossen die Türen und wandten uns dem zu, was kam.

Ich versuchte, auf Max einzugehen, wirklich. Doch ich fühlte mich deinetwegen hundeelend, am liebsten hätte ich geweint, und ich dachte immerzu nur daran, wie es dir wohl ging und wie die Evakuierung lief. Erst als wir fertig waren, verstand Max, was mit mir los war.

In Norwegen konnten wir endlich durchatmen, von der Sorge um dich und Papa einmal abgesehen. Niemand kannte uns, und ich denke auch nicht, dass wir seltsam angeschaut wurden. Die Landschaft sprach mich sehr an, überhaupt war es aufregend, zum ersten Mal in einem anderen Land zu sein. Ich schickte dir mehrere Postkarten nach Pursuoja, obwohl ich wusste, sie würden dich nicht erreichen. In Norwegen fühlten wir uns erstmals in Sicherheit, auch wegen der

Waffenbrüderschaft. Wir waren unter unseresgleichen, gemeinsam mit unseren deutschen Männern auf der Flucht vor dem Russen, und ein Zurück gäbe es nicht mehr, so viel war uns klar. Für mich war das durchaus hart, deinetwegen, doch ich sagte mir, dann müsstest du mich eben in Hamburg besuchen. Wir Mädchen mit deutschem Mann hatten unser Teil gewählt, und das war die Liebe, so pflegten wir damals zu sagen. Aber so einfach war es nicht.

Die Deutschen hatten ihre Regeln. Nicht selten stand ich vor dem Spiegel und überlegte, ob sie mich wohl akzeptieren würden. Vielleicht war es endlich einmal von Vorteil, dass ich blasser und blonder war als du. Und samisches oder anderes verbotenes Blut floss nicht in mir; unsere Familie stammte aus Südfinnland. Erschrocken flüsterten Kirsti, ich und die anderen Mädchen über das Paar, das sich in Rovaniemi das Leben genommen hatte, weil das Mädchen Samin war und nicht mitdurfte. Die beiden lagen tot in ihrem Bett, zwischen ihnen ihr kleines Baby, ebenfalls tot. Es waren Zeiten, in denen unbegreifliche Kriterien über einen entschieden.

Wir wussten also, wie penibel die Deutschen waren, und hatten wegen der ärztlichen Untersuchung ein mulmiges Gefühl. Winkte der Arzt einen nicht durch, musste man in Norwegen bleiben und durfte nicht weiter nach Hamburg. Als wir uns im Vorzimmer ausziehen sollten und Kirsti stammelte, das gehe nicht, sie habe ihre Periode, versetzte der Assistent des Arztes: Ausziehen, komplett, und wenn Sie sonst was haben. Ich legte mein Kleid ordentlich über die Stuhllehne, das mit dem hübschen Ausschnitt, wie bei deinem blauen, und faltete die Wolljacke und meine Wäsche sauber zusammen und legte beides auf die Sitzfläche. Meine guten Schuhe stellte ich darunter. Papa hatte sie mir geschenkt, sie waren aus Leder, und ich hatte bewiesen, dass es stimmte: Lederschuhe halten lange, wenn man sie pflegt. Da standen wir, Kirsti, ich, Margit, die ich erst später besser kennenlernte, und zwei weitere Mädchen. Meinen Ring zieh ich nicht aus, flüsterte Kirsti, einmal mehr hätte ich gern mit ihr getauscht.

Die Tür zum Untersuchungsraum war schwer und fiel zweimal laut zu, als der Assistent hinüberging und wieder zurückkam. Jetzt jede einzeln rein, ordnete er an. Da die anderen sich nicht rührten, ging ich als Erste. Im Raum saßen fünf Männer, der jüngste ungefähr so alt wie Max. Hinter ihnen befand sich ein Fenster, im Gegenlicht konnte ich ihre Gesichter kaum erkennen. Ich sollte mich vor ihnen aufstellen. Name, Alter, bisheriger Wohnort. Da stand ich, nackt, mit erhobenem Kopf, die Arme an den Seiten, und stellte mir vor, ich wäre du. Ich hatte nichts zu verbergen, war gesund und kräftig, zumal im Vergleich mit einer wie Alina. Eltern? Verwandtschaft? Erbkrankheiten, Herzfehler, schlechte Zähne, Rheuma, Asthma? Nein, nein und nochmals nein. Mund auf, tief atmen, das kalte Stethoskop, und vorbeugen.

Max wollte später wissen, ob sie mich angefasst hätten. Nein. Was sie sehen konnten, reichte ihnen.

Vielleicht kam alles daher, dass ich log. Sie haben mich nicht angefasst, sagte ich, und das stimmte, aber – ich überlegte und sagte es schließlich – sie wollten wissen, wieso ich keinen Ring trage. Max zuckte leicht zusammen, ganz leicht nur, doch ich nahm es wahr, und er umfasste schnell meine Handgelenke, wobei ihm die Haare ins Gesicht fielen, und stotterte: Gut, also, wenn danach gefragt wird, ja, dann müssen wir das wohl erledigen. Und so erledigten wir es, mit einem erbärmlich dünnen Ring, den wir irgendwo in Narvik auftrieben. So lief es. Das war mein Heiratsantrag, meine Hochzeit. Ich denke ungern daran, und ich habe mir verschiedene Ausschmückungen dafür zurechtgelegt. Einmal habe ich sogar behauptet, ich hätte mich mit dem Ring am Finger mehrere Zentimeter größer gefühlt. Ich war die Letzte von allen, auch Margit und ihr Freund hatten geheiratet, kaum dass wir norwegischen Boden betraten. Max hatte meine vielen Andeutungen nicht verstanden. Ja, die kleine Blumenbrosche, aber wie hätte die reichen sollen.

Unsere Wohnung in Narvik war hübsch und gemütlich, und auch wenn es bloß eine Kochnische und ein kleines Schlafzimmer gab, war dieser Ort für uns die Erfüllung unserer Wünsche. Letzten Endes blieben wir nur fünf Wochen. Trotzdem bin ich später immer wieder auf diese Zeit zurückgekommen, habe die verschiedensten Schlüsse aus ihr gezogen. Damals sah ich diese Phase als etwas Positives an. Man muss bedenken, dass ich es nicht besser wissen konnte. An meinem Finger funkelte, dünn und wertlos wie ein Grashalm, der kleine Kitschring und machte mich zufrieden und ruhig, obwohl ich täglich mit Sorge an dich dachte und mir

Gedanken machte. Ich hoffe, dass die Zeitungsleser es verstehen werden, und auch, dass sie nicht über Tote richten. Anklagen nützt ja nichts. Sogar ich habe verziehen und vergessen. Oder jedenfalls verziehen. Vielleicht auch vergessen.

Wir warteten jeden Tag auf einen Befehl von Hitler und wie es mit uns weitergehen würde. Morgens wachten wir nebeneinander auf, Max und ich, Max war lieb und zugewandt und redete in tröstendem Ton, wenn ich mich fragte, ob dein Kind schon da wäre, ob du dich in Sicherheit befandst und wo du dich überhaupt aufhalten mochtest, in Schweden oder Österbotten, wohin man viele evakuiert hatte. Damals konnte ich mich nie auf die Gegenwart konzentrieren, dabei wäre das hilfreich gewesen. Max wiederum war in Sorge um seine Mutter. Natürlich, sie war alt und gebrechlich und das zerbombte Hamburg ein unsicheres Umfeld, doch immerhin hörte er, dass sie Unterstützung von der Partei erfuhr. Dennoch war er ständig besorgt um sie, Max, das Mutterkind.

Alles habe ich der Redakteurin nicht gesagt. Nicht, wie es wirklich gewesen war. Ich hatte mir solche Mühe gegeben, sogar die Fenster der Wohnung geputzt, gleich am ersten Tag, dabei bin ich nie der Putz-Typ gewesen. Max lobte mich, machte mir Komplimente, aber ich merkte, ich konnte ihn nicht richtig für mich einnehmen, obwohl ich mir alle Mühe gab. Und ich konnte niemanden um Rat fragen. Ich blätterte in *Das Liebesleben in der Ehe* und versuchte herauszufinden, woran es lag, doch die Schmerzen blieben, wurden sogar von

Mal zu Mal unangenehmer. Ich sah den Fehler bei mir, und wen hätte ich schon hinzuziehen können, einen Arzt? In einem fremden Land, in fremder Sprache? Aber auch danach habe ich niemanden konsultiert. Die Verkleidungsspielchen, die sonderbaren Praktiken und überhaupt Max' dominante Art gefielen mir gar nicht. Manchmal drückte er aus heiterem Himmel meinen Kopf nach unten, und ich hatte sofort mitzumachen, auch wenn mir dabei übel wurde oder ich weinen musste, und hinterher verspottete er mich noch dafür. Ich versuchte, es zu ertragen, eine andere Möglichkeit sah ich nicht. Hätte ich zurück ins Heimatland gewollt, die Riegel wären fest verschlossen geblieben.

Ich hatte also keinerlei Vorstellung von der Liebe, ob nun dauerhaft oder weniger dauerhaft. Immerhin habe ich die Redakteurin gefragt, ob man im Namen der Liebe alles erdulden muss, wo die Grenze verläuft und ob es nicht doch immer einen Ausweg gibt. Damals wusste ich keinen. In solchen Momenten war ich dankbar, den Kontakt zu dir verloren zu haben, Lempi. Ich hätte nicht gewollt, dass du um meine Lage weißt.

Von zu Hause kamen so gut wie keine Nachrichten nach Norwegen. Es mag heute schwer nachzuvollziehen sein, dass man einen Menschen einfach so verlieren konnte, doch tatsächlich bekam ich nie eine Antwort auf meine Briefe, weder von meinem Vater noch von Elma. Auch auf Nachricht von dir hoffte ich vergeblich, trotzdem wartete ich immer weiter, obwohl ich längst etwas ahnte. Mein Magen tat weh vor Sorge, manchmal auch vom fremden Essen, doch ich versuchte, mir einzureden, du würdest des Kindes wegen einfach nicht zum Schreiben kommen, hättest alle Hände voll zu tun. Es hätte ja sein können. Auch die anderen Mädchen bemühten sich inständig um Kontakt zu ihren Verwandten, keine hatte ihr Zuhause leichtfertig verlassen. Wir alle vermissten etwas, auch wenn unser Aufbruch daheim nicht immer gutgeheißen worden war. Ich kann mir denken, wie über mich geredet wurde. Aber für meinen Mann war ich nie eine schlechte Frau, geschweige denn eine Hure. Er hat seine Fehler, doch hässlich von mir geredet hat er nie.

Irgendwann erfuhr ich, dass unser Geschäft abgebrannt war, wie der ganze Ort. Um die schönen Holzbetten tut es mir bis heute leid. Bettwäsche und Fotos hatte ich beim Aufbruch mitgenommen, so viel ins Gepäck passte. Doch alle Erinnerungsstücke konnte man damals nicht mitnehmen. Manche Erinnerungen sind es vielleicht auch gar nicht wert.

Später habe ich in einer Ausstellung ein vergrößertes Foto von unserem Geschäft gesehen. Man hatte mich als Ehrengast eingeladen. Zu Hause hatte ich noch überlegt, wie viel Kleidung ich in Lappland brauchen würde, der Flug brächte mich in eine andere Jahreszeit. Ich hielt eine Eröffnungsrede, die Leute klatschten, die Museumsleiterin, eine junge Frau, schüttelte mir die Hand. Naja, mir ist bewusst, ich bin inzwischen so betagt, dass alle anderen immer jünger sind. Mitunter ermahne ich mich, sie nicht zu unterschätzen, nur weil sie noch nicht so lange auf der Welt sind wie ich. Jedes Leben ist tief und ganz, auch das des Mädchens, das mir am Flughafen mit meiner Reisetasche half. Das Irritierende am Altwerden ist, viele Sachen funktionieren nicht mehr wie früher. Schweres hochzuheben schmerzt in den Handgelenken, die Knie sind steif, und morgens braucht man eine Weile, ehe man sich in Bewegung setzen kann. Beim Sockenund Schuhanziehen muss man sich setzen, beim Treppensteigen hält man sich am Geländer fest, solche Dinge.

Aus dem Spiegel blickt mir eine alte Frau entgegen, und niemand sagt mehr, Sie haben sich ja gut gehalten für Ihr Alter. Innerlich ist man aber keinen Deut anders als in jungen Jahren. Nur lässt sich aus dem Äußeren nicht schließen, dass hinter den Runzeln noch Gefühle stecken. Die Außenwelt sieht sowieso nie das Ganze, höchstens die Hälfte, eine Art Profil. Die andere Seite bleibt im Dunkeln.

Nach meiner Rede haben wir einen Rundgang durch den schönen Museumsbau gemacht und die ausgestellten Bilder betrachtet. Man reichte mir ein Sektglas. Meine faltige, fleckige Hand, die es halten musste, fing an zu zittern, als ich vor dem Foto stand und mit einem Mal alt und jung zugleich war. Da hatte ich doch geglaubt, wir besäßen ein erstrangiges Geschäft! Auf dem Bild sah ich einen gewöhnlichen kleinen Dorfladen, und die Treppe war so schmal, dass sich zwei Kunden gerade eben aneinander vorbeiquetschen konnten. Sogar unser Dachkammerfenster erkannte ich. Mir war, als sähe ich auch dich, wie du das Fenster öffnest und dich zum Sprung in die Birke bereitmachst. Wenn du sprangst, fühlte ich die Erschütterung unter meinen eigenen Fußsohlen, und das war auch an diesem Tag so, ich brauchte nur kurz die Augen zu schließen. Als ich sie wieder aufmachte, saß ich auf einer Bank im Flur, neben mir die besorgte Museumsleiterin. Die vielen Erinnerungen, sagte ich; diese Ausrede hatte ich wohl noch nie benutzt. Doch festliche Angelegenheiten holen so einiges an die Oberfläche. Die Museumsleiterin nickte, als würde sie irgendetwas verstehen.

Natürlich sprachen wir Frauen untereinander über die Dinge, die um uns herum passierten, und wir wussten, wie heikel unsere Lage war. Erst hatte die Waffenbrüderschaft uns unsere Männer gebracht, doch dann stand alles Kopf, und der einstige Waffenbruder zerstörte beinahe ganz Lappland. Wir saßen auf der langen Holzbank vor der Waschhütte und überlegten, was nötig wäre, damit kein Hahn mehr danach krähte. Wir würden deutsche Frauen werden und verschrieben uns ganz unserer künftigen Rolle, fragten uns gegenseitig Vokabeln ab, versuchten uns schon von Norwegen aus dem Deutschen Reich anzupassen. Wir beschlossen sogar, ab sofort nur noch in unserer künftigen Sprache zu sprechen, selbst wenn wir unter uns waren. Daraus wurde allerdings nichts, es kam uns dann doch zu künstlich vor. Irgendwo ergatterten wir eine deutsche Frauenzeitschrift mit der neusten Haarmode, voller Eifer frisierten wir uns gegenseitig neu. Um Himmels willen bloß nicht ausländisch aussehen, wenn wir am Ziel wären! So versuchten wir, uns gleich zu Beginn der langen Reise in die Form zu pressen, die wir für die richtige hielten. Wir waren strebsam und flexibel, bereit, uns an alles und jeden anzupassen. Ich jedenfalls, auch noch lange danach.

An dem Punkt hättest du mir eine Hilfe sein können, Lempi. Egal, wie du sonst warst – mit dem Recht der elf Minuten Älteren und zuerst Verheirateten hättest du sagen können: Wenn man wirr und aufgeregt ist, erträumt man sich allerhand und meist zu viel, bereite dich auch auf einen anderen Ausgang vor! Du brauchst einen Ersatzplan, überleg dir, was du selber willst, oder bist du etwa eine Leibeigene, ein Spielzeug? Willst du dein Leben lang immer aufpassen, in welcher Position du dich am Tage hinsetzt, damit dein Körper dich nicht an die Nacht erinnert? Aber vermutlich hätte ich nicht auf dich gehört, unsere Rollenaufteilung war ja umgekehrt. Also nahm ich das, was kam, als gegeben hin, wusch die schmuddelige Bettwäsche regelmäßig im großen Zuber und sann mit Kirsti und Margit über unsere Schwiegermütter nach. Wir beschlossen, mit unseren Kindern ausschließlich Deutsch zu sprechen, die finnische Muttersprache würden wir aufgeben, so hätten die Kinder es leichter. Namen für sie überlegten wir uns auch schon, solche, die gut nach Deutschland passten und selbstverständlich deutsch zu sein hatten, jedoch nicht zu kompliziert. Sie mussten leicht auszusprechen sein, sonst würden sie unsere fremde Herkunft sofort entlarven. Was waren wir doch kopflos, wir alle. Ich.

Ich stellte mir vor, in Hamburg ein großes Esszimmer neben der Küche zu haben und mit etwas Glück sogar eine Küchenhilfe. Max würde als Beamter arbeiten, Nachrichtentechniker bräuchte das Land auch nach dem Krieg, und ich vielleicht als Schreibkraft oder Übersetzerin. Wenn ich mich nicht um unsere süßen deutschen Kinder kümmerte.

An einem Abend im Oktober ging ich allein nach draußen. Max war bei Hans und Kirsti, ich hatte versprochen nachzukommen und ihm erklärt, ich wolle ein wenig allein sein, um mit dir in Kontakt zu treten. Max' Gesichtsausdruck sagte überdeutlich, wie lachhaft er mich und mein Ansinnen fand. Nichts da mit Zauber und Exotik der lappländischen Ehefrau. Als ich später zu ihnen stieß, die Teetassen dampften und leise Musik ertönte, war er wieder freundlich. Das kannte ich schon, so war er, mal eiskalt, dann wieder nett.

Ich suchte mir einen kleinen Wanderweg und ging ihn bis ans Ende. Es war ein kalter Abend, ich wollte ganz hinauf, in Norwegen ist das leicht. Die Luft war trocken und klar, ich konzentrierte mich. Zwei winzige Menschlein, die sich im Dunkeln hören und befühlen, sich aufeinander zutasten; das

Flusswasser, vor Aufregung saurer als sonst; das Aufkommen auf dem harten Ast, unter den eigenen Füßen spürbar. Ich suchte und suchte, und als ich wieder runterging, war mein Bauch steinhart vor Schmerz und ich nicht mehr derselbe Mensch. Der offizielle Bescheid kam erst später, doch den brauchte ich nicht mehr. Wie gern hätte ich da wenigstens etwas von meinem Vater gehört. Aber auch von ihm erfuhr ich erst viel später.

Eines Tages, gar nicht so lange danach, hatte ich Kartoffeln gekocht und wartete, dass Max nach Hause kam.
Ein Zuhause, das war es zu der Zeit. Draußen war es herbst-
lich und ruhig, ich hatte nichts Besonderes zu tun, hatte geputzt und aufgeräumt, mir die Haare gewaschen und gelesen. Ich hörte, wie Max auf unsere Wohnung zukam, seine
Schritte hallten auf dem Gang. Sie klangen zögernd, die Tür
ging auf, die Kartoffeln hatte ich warm gehalten, und was
nun kam, war ein weiterer Schicksalsmoment und die letzte
Kreuzung. Wir haben Order bekommen, sagte Max, die Finnen waren Waffenbrüder, finnische Mädchen dürfen mit
nach Deutschland. Das war die Erlaubnis. Ich sah ihn an, er
schaute zum Fenster hinaus, und ich merkte, irgendetwas
stimmt nicht. Ich sagte: Setz dich, mein Schatz, und rückte
ihm den Stuhl zurecht.

Er setzte sich nicht. Er ging sich ausführlich die Hände waschen und nahm erst dann Platz, rührte aber das Besteck
nicht an. Blickte auf die Tischplatte anstatt zu mir. Eiersoße
ist dann gelungen, wenn sie mattgelb glänzt, genau richtig
gesalzen ist und vollkommen glatt. An dem Löffel, mit dem
ich Max auftat, klebten blasse Mehlklümpchen, wie winzige
Hodensäckchen sahen sie aus. Kannst du nicht mal das? Mit
dieser Frage begann es, ich konnte noch so um Verzeihung
bitten, Entschuldige, mein Lieber, er wurde immer nur lau-

ter und beschimpfte mein Essen als armselig. Erregt sprang er auf und stieß den Stuhl um, ich rannte mit Tränen in den Augen ins Schlafzimmer, schob den Riegel vor und hob meinen Koffer aufs Bett. Bringt die Mädchen mit nach Deutschland? Von wegen.

Danach habe ich nie wieder klumpige Soße fabriziert.

Lempi, liebe Schwester, spätestens da hättest du erkannt, wie es ausgehen musste. Wenn ich ausnahmsweise mal versuchte zu sein wie du und mir im Ladenkeller heimlich Zucker nahm, wusstest du das jedes Mal. Du konntest die Süße auch in deinem Mund schmecken. Du durchschautest mich, und du hättest auch Max durchschaut.

Ich bildete mir ein, eine Frau von Welt zu sein; du warst in meinen Augen nur das durch sonderbare Zufälle nach Pursuoja verschleppte Mädchen. Ich lag falsch. Und du hättest an meiner Stelle die richtigen Worte auf der Zunge gehabt und alles besser gemacht.

Heutzutage wird viel über Gleichberechtigung gesprochen und dass Frauen dieselben Rechte und Möglichkeiten haben wie Männer. Ich war damals noch nicht so weit. Du dagegen schon. Du hättest bei Viljami auch einen Rückzieher machen und sagen können, es sei alles nur ein Spiel gewesen und nun wäre Schluss. Du warst die Mutigere von uns, die Erwachsene, ich eine im Wind trudelnde Feder. Und irgendwann konnte ich mir nicht mehr länger vorwerfen, dich angestiftet zu haben, es musste ein Ende haben mit den Schuldgefühlen. Du hattest deine Wahl ganz allein getroffen, ich habe dir höchstens einen winzigen Schubs gegeben. Deinen Ehemann hast du dir selbst erwählt.

Nach dem Soßenstreit saß ich neben dem gepackten Koffer und überlegte, wo ich hingehen könnte. Mit schwitzigem Daumen drehte und knibbelte ich an meinem Ehering und versuchte, so leise zu sein wie möglich. Wieso konnte ich es Max nie recht machen? Ich hörte, wie er den Stuhl wieder hinstellte, zum Mülleimer ging, mit dem Löffel die Soße von den Tellern kratzte, die Teller in die Spüle stellte und Wasser darüber laufen ließ, und das erweichte mich. Ich hatte Max beigebracht, es so zu machen, damit der Abwasch leichter ging. Dann rückte er den Stuhl an den Tisch und raschelte mit Papier. Es verging bestimmt eine Dreiviertelstunde. Ich saß reglos da, atmete leise und lauschte auf die dröhnende Stille aus deiner Richtung. Irgendwann hielt ich es nicht mehr aus und machte die Tür auf. Max saß am Tisch und tat, als hätte er konzentriert Zeitung gelesen, hob aber sofort den Kopf. Entschuldigung, sagten wir beide gleichzeitig, wem es ernster damit war, weiß ich nicht. Aus dir wird noch eine gute Frau werden, sagte er, stand auf und nahm meine Hand. Dann wollen wir mal sehen, wie und wann wir am besten von hier loskommen – und da machte er eine Pause, nur eine kurze, aber dennoch –, nach Hause.

Abends gingen wir spazieren und hielten Händchen. Max versicherte mir, alles würde gut werden, und ich wollte nichts lieber, als ihm glauben. Ich überhörte die Pausen zwischen seinen Wörtern und ignorierte die zweite Ebene hinter seinen Sätzen. Vor dem Schlafengehen schrieb er einen Brief an seine Mutter, was kompliziert zu sein schien. Er seufzte, kritzelte etwas aufs Papier, hielt den Stift in die Luft und dachte nach. Ich saß ihm gegenüber und stopfte Socken. Er seufzte wieder, fing ein neues Blatt an. Was ist, fragte ich, obwohl ich mir vorgenommen hatte zu schweigen, warum nur konnte ich den Mund nicht halten. Damit ging es erneut los. Ich erfuhr, dass Max' Mutter bisher rein gar nichts von meiner Existenz wusste und er keine Ahnung hatte, wie er seine Ehefrau nun bei ihr einführen sollte. Mich traf es wie ein Schlag, ich beschimpfte ihn auf Finnisch, fluchte und bewarf ihn mit meinem Buch. Ihn stachelte das erst so richtig an. Obwohl ich versucht habe zu vergessen, wie sehr er außer sich geriet, es ist mir nicht gelungen.

Der Redakteurin und damit auch den Zeitungslesern habe ich es schließlich erzählt. Seitdem ist so viel Zeit vergangen, dass die Wahrheit niemanden mehr beschädigt. Es lief so: Ich schrie ihn an, und er kam näher und sagte, ich solle ruhig lauter schreien, und wie in Zeitlupe sah ich seinen Arm hochgehen und zum Schlag ausholen, und auf Höhe seiner Brust ballte die Hand sich zur Faust, und im nächsten Moment war von Liebe keine Spur mehr, und auch im übernächsten und überübernächsten nicht, in mir dröhnte die Leere, und auch du warst nicht da. Er riss mich an den Haaren zu Boden, trat mir in den Bauch und in die Brust, beschimpfte mich mit Worten, die mir endlich die Augen hätten öffnen müssen, und irgendwann verstummte ich und sah alles wie von fern, diese viehische Wut und die Erniedrigung des anderen, die überhaupt nichts nützt.

An vielen Stellen kann man überlegen und nochmal zurück. Man hat die Möglichkeit, an die letzte Kreuzung zu gehen und sich anders zu entscheiden. Wenn man sich aber so abscheulich behandelt und grundverlassen erlebt hat und erfährt, dass von nirgends eine Antwort kommt, so sehr man auch sucht, dann hilft nichts mehr. Man mag sich noch umdrehen, aber die Kreuzung ist verschwunden. Es bleibt einem nur, den bisherigen Weg fortzusetzen und zu vergessen, dass alles einmal ganz anders war, dass wir zu zweit lebten und die Welt gut war.

Nachher wusch Max mich mit langsamen, vorsichtigen Bewegungen und weinte die ganze Zeit, fühlte mir den Puls, holte einen Spiegel und hielt ihn mir vors Gesicht, fegte die ausgerissenen Haare auf und wischte den Boden, betete zu Gott, ich möge endlich die Augen aufmachen, und ich hörte alles, tat aber, als sei ich bewusstlos und vollkommen schlaff, ich ließ ihn über das nachdenken, was er getan hatte. Er versorgte meine Prellungen, sammelte schluchzend die zerfetzte Kleidung vom Boden, strich mir über den Kopf und flüsterte Reueworte, und das tat so gut, dass ich schließlich die Augen aufmachte. Er sah tief unglücklich aus, der Arme. Er flehte mich an, etwas zu sagen. Doch ich schwieg und wusste genau, was ich damit tat.

Auch wenn ich behauptet habe, ich würde mich normalerweise wenig mit der Vergangenheit beschäftigen – an diesen Abend in Narvik habe ich oft gedacht. Ich weiß, das

Folgende sollte man nicht sagen und schon gar nicht denken, aber es stimmt: Dieser Abend hat Max und mich zusammengeschweißt. In diesem Augenblick konnte ich bestimmen, wie es weiterging, Max war klein und unterwürfig. Solche Konstellationen gibt es oft, auch wenn eine Beziehung nicht auf Machtspielen gründen sollte. Man hat gemeinsam zu stehen, Seite an Seite, notfalls auch gegen den Rest der Welt, und muss sich darauf verlassen können, dass der andere zu einem hält und das Beste für einen will. So war es in meiner Ehe später tatsächlich, und es war zu der Zeit noch relativ neu, dass mir alle Freiheiten gegeben wurden. Ehrlich gesagt hätte es einen anderen Weg für uns auch nicht gegeben.

Am nächsten Tag lag ich im Bett, und Max brachte mir Essen, untersuchte die Prellungen, versicherte mir, sie würden gut heilen und ich bräuchte keinen Arzt. Zum Glück hatte die Kontrolluntersuchung bereits vor diesem Ereignis stattgefunden. Als es mir schon wieder recht gut ging und wir auf dem Schiff nach Deutschland waren, wo wir wie selbstverständlich eine Zweierkabine bekamen, massierte er mich behutsam, wie zu Anfang, die einzelnen Finger erinnerten sich gut an ihren Weg. Da war sie wieder, die Liebe, mit seinen Fingern am entsprechenden Platz, aber ich konnte mich auch da kaum entspannen, im Grunde überhaupt nicht, und dann war es doch wie immer.

Ich bin nie ein besonders körperlicher Mensch gewesen, auch damals nicht, als alle plötzlich darüber redeten und offen taten und die ganze Welt sich liberal gab. Ich fand das

Schaumschlägerei und habe es nie nachvollziehen können. Die letzten zehn Jahre meiner Ehe, bis zum Tod meines Mannes, waren dann auch die besten, wir mussten uns nicht mehr unnötig bemühen. Wir ließen es auf sich beruhen, waren ohnehin schon so alt, wozu das Ganze. Ich habe dieses Geruckel und Geracker immer als unnütz und planlos empfunden. Dennoch hat es sich auf mein gesamtes Leben ausgewirkt. Mein Mann hat sich redlich Mühe gegeben und sich bestimmt manches Mal eine andere Frau gewünscht. Doch ich konnte und wollte mit ihm nicht über diese Angelegenheit reden. Reden wäre vermutlich hilfreich gewesen, man soll ja unbedingt darüber reden, wenn man den Fachleuten glauben darf. Kinder habe ich nie bekommen. Ich war irgendwie verstopft und zugesperrt, Narvik steckte mir tief in den Knochen. Einmal habe ich meinem Mann gesagt, er solle mich im Bett mit Lempi anreden, ich hoffte, du würdest mir zur Hilfe kommen. Es ging schief, am Ende lag ich allein auf der Matratze. Die Eisprünge vergingen, und wir lagen Rücken an Rücken da. Mitgezählt habe ich nicht. Es war gut, so wie es war.

Aus deinen Kindern sind anständige Menschen geworden. Aarre ist Ingenieur, der gute Antero Lehrer. Ich denke, du wirst wissen, dass deine Jungen für mich wichtig waren, auch als sie schon lange eigene Wege gingen. Ich bin ihnen gegenüber von Anfang an ehrlich gewesen, und ich denke, auch deshalb haben sie mich geschätzt. So ist es also gegangen mit meinem Leben. Viele Situationen haben eine aufrechte Haltung verlangt. Ob ich das alles ohne dich überstanden hätte, weiß ich nicht. Die Leere, die du in mir hinterlassen hast, habe ich mit Arbeit gefüllt.

Der Hafen in Hamburg sah genauso aus wie der in Narvik. Dazu der gleiche Geruch nach Eisen und Rost, Scharen von Möwen und eine Geräuschkulisse aus allen Himmelsrichtungen. Ich musste meine Schritte beschleunigen, um in den schnellen Rhythmus der anderen Menschen hineinzukommen, ich wollte aussehen, als hätte ich ein Ziel vor Augen. Als ich Max etwas von Rippenschmerzen sagte, trug er beide Koffer und sah dabei sehr klein aus. Vielleicht auch nur in Relation zu den gewaltigen Schiffen, dachte ich. Er hatte mir einen Platz in einem Wohnheim hinter dem Stadtpark reserviert, dort gingen wir gemeinsam hin. Das Zimmer hatte zwei Betten, das zweite war für Margit. Kissen entdeckte ich keine, nur die dünnen grünen Decken. Rechts lag ein WC, dessen Tür nicht zuging, draußen auf dem Flur gab es eine kleine Kochnische und einen runden Tisch.

Ein beklemmender Start. Und ich hatte mir eine Dachgeschosswohnung in einer Lindenallee vorgestellt. Diese Bleibe war das genaue Gegenteil, und ringsherum sah man die trostlosen Spuren der Bombardierung. Hier soll ich bleiben, Max?, fragte ich und sah sofort, wie in seinen Augen ein neuer Sturm aufzog, den er jedoch schnell erstickte. Ja, sagte er und blickte aus dem vorhanglosen Fenster. Ich hob das Kinn, stemmte die Arme in die Hüften, stöhnte dabei – immerhin taten meine Rippen noch weh – und sagte: Gut, dann bleibe ich eben hier. Mein Stöhnen sollte ihn an Dinge erinnern, die er lieber vergessen wollte. Er wandte sich mir zu, hob die Mundwinkel und erklärte mir zum so und so vielten Mal, er habe seine Mutter über ein Jahr nicht gesehen und könne nicht einfach mit mir ins Haus platzen, einen alten Menschen müsse man vorbereiten, außerdem würde sie ihrer Schwiegertochter doch was anbieten wollen, und gewiss nur das Beste. Du hättest Max ausgelacht und gesagt: Denkst du etwa, irgendwer glaubt dir deine faulen Ausreden, du Muttersöhnchen, du Memme? Schlägst deine Frau und hast Angst vor deiner Mama! An der Tür gab Max mir einen Kuss, blickte nochmal zurück in den kleinen Raum und zu meinem Koffer, der auf dem Bett lag, und sagte: Du wirst schon zurechtkommen. Dann ging er hinaus, und das war es dann.

Der Nachmittag wollte und wollte nicht vergehen. Ich wusch meine Socken, traute mich aber nicht, sie in der Toilette zum Trocknen aufzuhängen, dabei war Margit vermutlich der einzige Mensch außer mir in diesem Wohnheim, so verlassen, wie es wirkte. Ich drehte den Ring an meinem Finger und sah im Minutentakt auf die Uhr. Mindestens dreimal zählte ich das Geld in meinem Portemonnaie und rechnete die Kronen und Reichsmark in Finnmark um, damit ich einen Überblick über meine finanzielle Lage hatte. Ich legte mich aufs Bett und las *Das Liebesleben in der Ehe* und ließ dabei die Zimmertür offen stehen. Irgendwann trieb der Hunger mich hinaus, ich musste ein Geschäft suchen, und als mir vor der Haustür die Sonne entgegen schien, wurde mir bewusst, wie weit südlich ich mich jetzt befand. Zu Hause war es später Herbst, hier noch Sommer. Ich prüfte, ob ich den Schlüssel wirklich eingesteckt hatte, und sah ein Stück weiter eine breite Querstraße mit den schwarzen Stümpfen dicker Baumstämme. Die Haustür zog ich mit der linken Hand zu, mein Ring funkelte, als wollte er den ganzen Kontinent erhellen. Ich, die finnische Braut. In meinen feinen Lederschuhen betrat ich die Straße. Nicht wenige Entgegenkommende sahen mir dann auch gleich auf die Schuhe. Überrascht stellte ich fest, dass die deutschen Frauen gar nicht so wohlproportioniert und gut gekleidet waren, wie Margit, ich und die anderen angenommen hatten. Der bevorstehende Einkauf machte mich trotzdem nervös. Nicht wegen der Sprache, ich konnte gut genug Deutsch, um alles zu kriegen, was ich wollte, sondern weil ich mich so einschränken musste. Ich entschied mich für einen Laib helles Brot und ein Glas Marmelade, das war alles. Max wäre damit sehr zufrieden. An das finnische Roggenbrot hatte er sich nie gewöhnt, die Gerstenfladen gingen gerade so eben. Am liebsten mochte er zuckriges Hefebrot, und er freute sich, dass die Norweger süße Brotsorten hatten.

Warme Nächte in Kombination mit tiefer Dunkelheit waren neu für mich. Hier brauchte man in der Tat keine Vorhänge, die Nacht war schwarz, Straßenlaternen brannten keine. Schlafen konnte ich trotzdem nicht. Ich wälzte mich unter der grünen Decke, befingerte meinen Ring und spürte die Angst hochsteigen.

Die Dunkelheit.

Die dumpfe Stille aus deiner Richtung.

Ich war einsam wie nie.

Der Ring war ein nutzloser Rettungsring.

Das Laken, das ich zu einem Kopfkissen zusammengefaltet hatte, war genauso nutzlos.

Als es polterte, schreckte ich hoch. Margit kam hereingestolpert. Sie erzählte von einem lustigen Abend im Restaurant, Gebbe hatte sie ausgeführt, sie hatte Niere bestellt und gedacht, das sei Fisch, sie kicherte laut, anscheinend hatte sie auch Alkohol getrunken. Nach endlosem Geraschel fiel sie endlich ins Bett. Da dachte ich den Gedanken zum ersten Mal zu Ende. Max hatte zwar versprochen, mich morgens zu holen, doch ich hatte nicht die geringste Ahnung, wo er sich befand. Ich wusste weder seine Adresse, noch kannte ich den Vornamen seiner Mutter. Leute, die Schwartz hießen, gab es sicher haufenweise. Ich würde ihn nie finden – allerdings, wenn er mich nicht abholen kam, wieso sollte ich dann überhaupt nach ihm suchen? Um ihn anzuflehen, doch bitte mit seiner Frau zusammenzuleben? Um ihm ewige Demut und Unterwürfigkeit zu versprechen? Obwohl ich sehr durcheinander, fast panisch war, wurde ich wütend. Ich sollte betteln? Ich? Nein. Wenn er nicht käme, dann bliebe ich eben allein im fremden Land. Zum Glück hatte ich etwas Geld und Margit. Auch bei Kirsti wäre ich sicher willkommen, in der Nähe von Hannover. Nach Hause konnte ich nicht, das gab es nicht mehr, sowieso ließe man mich nicht mehr zurück nach Finnland, denn ich war mit einem feindlichen Soldaten mitgegangen und zur Vaterlandsverräterin geworden. Arbeiten, das konnte ich, sofern ich Arbeit fand.

Ich lag wach. Margit atmete, wie Schlafende atmen. Ich rief mir deine Stimme ins Ohr, Lempi. Doch es war nicht mehr wie sonst, ich musste mich bemühen und dir die Worte in den Mund legen. Könnte doch sein, dass Max Wort hält und kommt, begann ich, aber du sagtest: Stell dich auf alles ein; mehr als das, was du hast, gibt es nicht, damit musst du leben. Heute heißt es ja überall, man soll seine Gefühle ausleben, sonst machen sie einen krank. Ich aber unterdrückte sie derart heftig, dass mein Genick wehtat, so fest presste ich den Kopf in die Lakenrolle. Mehr als das, was du hast, gibt es nicht, damit musst du leben, hörte ich dich sagen, und als ich an dich dachte und an die Tatsache, dass ich nicht wusste, was dir zugestoßen war, empfand ich eine noch stärkere Verlassenheit.

Auch in diesem Land wurde es irgendwann Morgen, und es half nichts, ich musste aufstehen und mich fertig machen, ohne zu wissen, was mir bevorstand. Ich kochte Tee und schmierte auch für Margit ein Marmeladenbrot. Margit lächelte über beide Ohren und zwitscherte vergnügt. Sie hatte mit Gebbe abgemacht, dass er sie in einer Großküche vorstellen und dort für sie um Arbeit bitten würde. Allen Mut musste ich zusammenkratzen und mehrere Anläufe nehmen, ehe ich hervorbrachte, dass ich gern mitkäme und mich außerdem ab sofort Lempi nennen würde. Margit sah mich erstaunt an, überlegte einen Moment und nickte dann zustimmend, irgendwas muss sie verstanden haben, sagte schließlich eifrig, Aber klar, und so fingen die Dinge an, sich zu ordnen, und ich bekam Kraft von dir.

Die Fingernägel wieder sauber zu bürsten war nochmal richtig Arbeit, wenn man den ganzen Tag Kartoffeln geschält hatte. Wir Finninnen galten als tüchtig und fleißig, und das schrieb ich auch an meinen Vater. Ich fand das wichtig, ich wollte ihn unbedingt finden und ihm mitteilen, dass ich zurechtkam, außerdem hoffte ich, dass er mehr über dich wusste. Ich schickte ihm meine Adresse und bemühte mich, meinen Brief so zu formulieren, dass er sich nicht um mich sorgen müsste, ich konnte ja tatsächlich gut auf mich achtgeben, damit wollte ich ihn entlasten. Ein Großteil meiner Briefe kam zurück mit dem Vermerk: Adressat nicht zu ermitteln.

Irgendwann erreichte mich ein Schreiben in fremder Handschrift mit einer Notiz aus der Propstei der Evakuierungsgemeinde. Mein Vater war gestorben und beerdigt worden. Im Grunde überraschte mich das nicht. Trotzdem war in mir alles hohl und taub, ich schleppte mich von einem Tag zum nächsten und versuchte, mich an deine Worte zu halten: Mehr als das, was du hast, gibt es nicht, damit musst du leben. Ich schickte einen Brief zurück und fragte, ob man von dir etwas wisse. Die Propstei konnte mir keine Auskunft geben. Zumindest bist du nicht nach Österbotten gegangen, die dort Beerdigten waren bekannt.

Mit Max war es an jenem Tag zu Ende gegangen. Dazu habe ich immer gesagt: Der Mensch überlebt es, verlassen zu werden. Aber ich erinnere mich genau an meine schlaflosen Nächte voller Selbstmitleid und Hass auf Max. Später, mit dem Abstand von Monaten und Jahren, konnte ich seine Sicht dann doch nachvollziehen. Für ihn war ich in seiner Heimat eine Fremde, sah falsch aus, würde nie genauso sprechen wie er. So erklärte ich es mir, und ich habe es ihm in gewisser Weise sogar verziehen. Die Sache in Narvik dagegen nicht. Ich habe sie so oft im Kopf herumgewälzt, dass ich gar nicht mehr recht weiß, was tatsächlich passiert ist und was nicht. Das ist das Dumme an Erinnerungen, man kann nie ganz sicher sein.

Was ich allerdings noch genau weiß: Dienstag war Fischtag, und an einem solchen Tag arbeitete ich zum ersten Mal in der Suppenausgabe, ich stand hinter der Theke und trug ein Pappschild mit deinem Namen auf meinem Kittel. Abends saß ich in der winzigen Wohnheimküche und blätterte in der Zeitung, die jemand liegen gelassen hatte. Bestimmt gab es etliche andere mit diesem Namen, trotzdem wusste ich sofort, dass es mein Max war, der sich mit einer Ingrid Braun verlobte.

Der Mensch beißt sich durch, auch wenn er noch so allein ist. Man kann aufstehen, die Zeitung zusammenfalten, sie dorthin zurücklegen, wo man sie gefunden hat, Wasser aufsetzen, Tee kochen, die Tasse halten und pusten. Und wenn man mit der Rechten auf die unterste linke Rippe drückt, diese eine Stelle, die noch immer empfindlich ist, kann man sich sagen, Kopf hoch, es ist gut so. Und am nächsten Morgen kann man zur Arbeit gehen, sein Kopftuch umbinden und das Leben leben, das man bekommen hat, und sich sagen, was soll's.

Margits Hochzeit war hart für mich. Erst dachte ich, ich spiele krank und gehe nicht hin, aber dann habe ich mich doch aufgerafft. Margit wollte mich so gern dabeihaben, von der näheren Verwandtschaft würden nur die Weinhardts kommen, die übrigen Finninnen wohnten in anderen Städten. Also bügelte ich mein gutes Kleid und drehte der Braut und mir selbst Locken. Margit und Gebbe gaben sich an einem Samstagvormittag in einer großen Kathedrale das Jawort, anschließend luden sie die Verwandten und ein paar Freunde von Gebbe zum Kaffee. Ich schenkte ihnen *Das Liebesleben in der Ehe,* ihnen würde es hoffentlich mehr nützen als mir.

Die Orgelmusik war festlich und Gebbes Familie sehr freundlich, auch zu mir, sie schüttelten mir die Hand, sogar die Mutter, deren Kleid allerdings aus miserablem Stoff war, unser Vater hätte sowas nie in sein Ladensortiment genommen. Als Max mit seiner Verlobten die Kirche betrat, dachte ich an dich und hob das Kinn. Max spähte nervös umher, die Frau in ihrem grauen Kleid wirkte scheu. Als sie den Gang entlang an mir vorbeigingen, blickte ich stur nach vorne. Das verlangte mir einiges ab, doch ich dachte an dich, Lempi, du hast immer alles gewagt, wozu man dich angestiftet hat. Im Vergleich zu dem, was du getan hast, war mein Kirchgang keine große Sache.

Manchmal ist es am besten, direkt auf den Feind zuzusteuern und den ersten Schritt zu tun, gar nicht erst abzuwarten, was passiert. Genau das habe ich beim Kaffeetrinken getan. Max stand mit seiner Verlobten links vor einem großen Gemälde, ich lächelte und ging geradewegs auf sie zu. Nicken, Grüßen, Händeschütteln; meine Finger berührten die Hand, die mich so gründlich erforscht hatte und die nun dieses scheue Reh zu kneten versuchte. Und obwohl es nur eine kurze Episode von wenigen Sekunden war – das ist sicher Ingrid, deine Verlobte, erfreut, Sie kennenzulernen, und alles Gute –, fühlte es sich an, als hätte ich einen wichtigen Sieg errungen. Als wäre ich bis zum unerreichbar tiefen Stein getaucht, hätte vom sauren Flusswasser getrunken und so großen Mut gezeigt wie du. Max' Hand war kalt und feucht, die von Ingrid schlaff wie ein leerer Handschuh. Ich lächelte weiter, machte kehrt und holte mir einen Kaffee.

Manchmal, vermutlich zum Zeitvertreib, denkt man über das Leben anderer nach, vielleicht gibt es auch im eigenen gerade nicht genug Sorgen. Ich habe oft an diese Ingrid gedacht. Sie werden sicher geheiratet haben, genau weiß ich es nicht. Wie wird es ihr ergangen sein? Auf Margits Hochzeit wirkte sie eingeschüchtert, oder war das nur Einbildung? Waren das meine eigenen Empfindungen, die ich auf sie übertrug, sah ich in ihr das Leben, in das ich beinahe selbst hineingerutscht wäre? Arme Ingrid. Ich habe mich nie daran gewöhnt. Sie hatte immerhin viele Jahre Zeit, es zu versuchen. Ob Max sich bemüht hat, zärtlicher zu sein? Was für ein Vater mag er geworden sein? Kann man eine solche

Härte nach so langer Zeit noch ablegen? Manchmal wandern meine Gedanken auch zu dieser Frau, die dich als Letzte lebend gesehen hat, aber ich schiebe ihr Bild schnell beiseite, jedes Mal, weil es einen stechenden Schmerz im Magen auslöst. Andererseits ist dieser Schmerz auch gut, er erinnert daran, dass ich mal eine Schwester hatte, die meine Gedanken kannte und deren Träume ich träumte.

In den letzten Jahren, seit mein Mann tot ist, bin ich ziemlich viel gereist. Möglicherweise wurde die Lust auf neue Orte bereits damals geweckt, während meiner Zeit in Deutschland. Obwohl ich offiziell schon eine Weile im Ruhestand bin, veröffentliche ich gelegentlich noch und nehme an Fachseminaren teil, und als ich deshalb letztens in Hamburg war, schickte ich Margit eine Nachricht und fragte, ob wir uns treffen wollten. Nach Jahrzehnten, in denen wir uns bloß Weihnachtskarten geschrieben hatten, war das eine merkwürdige Situation. Wenn man den anderen zum letzten Mal gesehen hat, als man selbst noch jung und glatt war, überlegt man schon, ob man einander überhaupt wiedererkennt. Das dachte ich, als ich in dem Café in der Hochstraße auf sie wartete. Doch als sie die Tür aufmachte, waren mir ihre Bewegungen und ihre Körperhaltung sofort vertraut. Nur die oberste Schicht eines Menschen wandelt sich, und selbst die nicht allzu sehr. Im Grunde bleiben wir die Gleichen.

Wir saßen lange dort in dem Café. Briefe und Karten sind wirklich nicht dasselbe, wie sich zu sehen, so ist es nun mal. Irgendwann musste ich dann zum Flughafen, es wurde fast ein bisschen knapp, doch ich war froh, dass wir uns getroffen hatten. Früher, vor allem in den schwierigen Jahren, hatte ich manchmal gedacht, Margits Leben wäre die Alternative zu meinem gewesen, als würde sie in Deutschland dem Schicksalsweg folgen, der auch meiner hätte sein können, doch im Taxi zum Flughafen hätte ich fast laut über einen solchen Unfug gelacht. Eins wusste ich inzwischen zu gut: Hätte-hätte-hätte, das nützt nichts. Ich bin sicher, das würdest du auch sagen.

In der Kriegszeit herrschte ein solches Durcheinander. Meinem eigenen Gefühl und allen äußeren Zeichen zum Trotz habe ich oft überlegt, ob du vielleicht doch noch am Leben bist. Ob du nur irgendwohin verschwunden bist, so wie damals viele Menschen verlorengingen. Später hörte ich das alberne Gerücht, du wärst mit irgendeinem Deutschen abgehauen, aber selbst wenn du zu manchen Dummheiten imstande warst, das konnte ich nicht glauben, allein der Kinder wegen. Du hättest sie nie zurückgelassen, und dann noch die Sache mit der Sprache. Menschen sind gemein und niederträchtig. Derbe Gerüchte sind stets willkommen, und nach der Wahrheit wird nicht gefragt, wenn nur die Geschichte gut genug ist. Und weil es offizielle Auskünfte im Krieg nicht gab, habe ich während meiner Zeit in Hamburg oft überlegt, ob du nicht doch noch irgendwo lebst. Ein Grab mit deinem Namen existierte auf dem Friedhof in unserem Dorf nicht, wie ich später auf schriftliche Nachfrage erfuhr.

Du bist immer bei mir gewesen, Lempi. Ich habe in vielen

Zusammenhängen von dir erzählt, natürlich ohne Details preiszugeben, weil sie einem danach meist um die Ohren fliegen. Die Leute finden viele Wege, ihre Traumata herauszulassen. Schmerzliches in Worte zu fassen hilft den meisten, deshalb führen so viele Tagebuch, oder haben es zumindest eine Zeitlang getan. Ich hätte früher nie gewollt, dass irgendetwas hiervon anderen zum Lesen in die Hände fällt, doch ich habe dich immer mit mir getragen, habe immer mit dir gesprochen.

Auch, nachdem du mich nicht mehr gehört hast.

Anfang Mai wurde in der Großküche vermeldet, dass Deutschland den Krieg verloren hatte. Das verunsicherte uns, ich jedenfalls bekam Angst. Man wusste ja nicht, was nun käme und ob wir überhaupt in diesem Land bleiben durften. Ich fühlte mich, als würde ich hoch auf einem Gipfel stehen, jederzeit konnte mich ein Blitz treffen oder eine Springflut in die Tiefe reißen. Als ich nach der Arbeit wieder ins Wohnheim ging, kamen mir englische Soldaten entgegen. Sie wirkten freundlich und verteilten Schokolade an kleine Kinder. Ich sagte keinen Mucks, um Gottes willen, bloß nicht als Finnin entlarvt werden, schön nach unten schauen und schnell weitergehen.

Im Wohnheim wartete ein Brief auf mich, der von dir handelte und meine Ahnung bestätigte. Die Handschrift war nicht leicht zu entziffern, aber der Inhalt klar. Du seist tot, hieß es, wenn man auch keine Todesurkunde oder Grabstelle vorweisen könne. Geschrieben hatte den Brief deine ehemalige Nachbarin vom See Korvasjärvi, offenbar hatte sich herumgesprochen, dass ich nach dir forschte. Die Nachricht brachte mir keine Erleichterung. Nicht einmal trauern konnte ich, ich hatte es ja schon gewusst. Es blieb ohnehin keine Zeit für Gefühle, denn die Welt, in der ich mich in Hamburg eingerichtet hatte, stand mit einem Mal Kopf. Ich begriff, dass meine Erklärung, ich sei vor den Russen nach

Deutschland geflohen, nicht mehr stichhaltig war und es keinen Grund mehr für mich gab, dort zu bleiben. Es war ein Durcheinander wie nach dem Schleudergang, wenn sich Kissen- und Bettbezüge auf links gedreht haben, was ich nicht leiden kann. Ich stülpe sie sofort wieder auf rechts, auch wenn das im nassen Zustand schwieriger ist und man aufpassen muss, dass die Bettbezüge nicht über den Boden schleifen, und sage mir, gut, fertig, jetzt kann ich mich anderem zuwenden.

In den folgenden Nächten schlief ich kaum. Die anderen sagten dauernd: Könnten wir doch nach Hause. Aber noch hatten wir keine Erlaubnis. Und ich hatte ja nicht einmal ein Zuhause, nach dem ich mich sehnen konnte, erst recht keine Verwandten oder Freunde, und fühlte mich bei den Gesprächen im Wohnheim als Außenstehende. Wo hätte ich hingehen können? Zu dem Zeitpunkt wusste ich noch nicht, dass das Grundstück mit dem Laden unserem Vater gehörte. Und die Lage war gut, heute steht dort ein großes Einkaufszentrum. Das Stück Land wurde mir später ein finanzieller Grundstock, ich konnte alles hinter mir lassen und studieren. Und ich war in Gelddingen nie abhängig von meinem Mann. Unsere Partnerschaft wurde von den damaligen Umständen bestimmt, wie bei vielen in diesen Jahren. Wir hatten beide einiges durchgemacht und fanden beim anderen genau die versehrte Stelle, in die wir die eigene Versehrtheit betten konnten. Die Ausgangslage war schwierig, nach dem Kennenlernen haben wir nicht weiter darüber geredet. Zudem lässt sich mit einem ruhigen Mann sowieso kaum reden. Doch von all dem wusste ich damals in Hamburg noch nichts. Zunächst dachte ich, bleibe ich eben in Deutschland und werde möglichst deutsch. Arbeit hatte ich, irgendwie würde ich mich durchschlagen. Als ich hörte, dass nun die Briten kämen, fürchtete ich, sie würden alles zerstören. Dieses Aufflackern genügte, um mich, die Heimatlose, zunächst noch fester an die neue Stadt zu binden.

Dann kam alles anders. Wir wohnten mit einer Handvoll Frauen im Wohnheim, ich war nicht die Einzige, deren Liebesbeziehung das kirchliche Amen nicht mehr erlebt hatte, und eines Abends hieß es, heute gehe eine Fähre nach Finnland, eine halbe Stunde hätten wir zum Packen, dann müssten wir los. Es sei denn, wir wollten hierbleiben. Ich saß in meinem Zimmer, hörte die anderen aufgeregt durcheinanderrufen, schaute aus dem vorhanglosen Fenster, und es erfasste auch mich. Wenn man noch jung ist, kann man sich ruckzuck, ohne jedes Kopfzerbrechen umentscheiden. Ich hätte es nicht ertragen, die anderen ohne mich losziehen zu sehen, und während ich sie über Roggenbrot, Heimat und die Angehörigen reden hörte, verließ alles Deutsche mit einem leisen Rieseln meinen Kopf.

Ich vermute, etwas Ähnliches hast du mit Viljami erlebt. Spontaneität und Begeisterung haben dich mitgerissen.

Dieses Mal betrat ich das Schiff mit einem gänzlich anderen Gefühl. Ich war erwachsen geworden, und obwohl ich keinerlei Vision hatte, was aus mir werden sollte, vertraute ich auf mich und wusste, ich würde es schaffen. Diese Haltung hat mich heil durch so einige Prüfungen gebracht: Wenn man weiß, dass man selbst Schlimmstes überstanden hat, stärkt einen das für die nächste schwierige Situation. Inmitten einer traumatischen Zeit würde man das kaum für möglich halten, aber so ist es. Nach all dem Trubel war plötzlich auch klar, dass ich studieren und in die Richtung weitergehen würde, die ich ohne Max eingeschlagen hätte. Ich promovierte sogar, und mein Mann sagte immer, er sei stolz auf mich. Das ist gar nicht wenig. Liebe kann man auf viele Arten in Worte kleiden, und Stolz auf den anderen auszudrücken ist vielleicht eine von ihnen.

Ein Studium und eine Karriere verlangen von einer Partnerschaft Opfer. Ich war viel unterwegs, versuchte aber daheim trotzdem mein Bestes zu geben. Dennoch musste ich regelmäßig Kritik einstecken. Die beiden Jungen haben sich allerdings nie negativ über mein Leben geäußert. Sicher hätte ich in manchen Punkten besser sein können, zumal als Ehefrau. Doch mein Mann hat nie etwas in dieser Art gesagt, auch dann nicht, als er zu mir in die Stadt zog und sich dort mühsam einlebte. Ich nehme an, er hat so manches, was er hätte anmerken können, für sich behalten. Und nachdem alles in ruhigere Bahnen gekommen war, wollte ich ihn bestimmt nicht mehr anpieksen.

Es hat ihm schwer zugesetzt, als du über den Dorffriedhof getragen, ins Grab gelassen und gesegnet wurdest. Ich dagegen habe versucht zu verzeihen. Obwohl ich bis heute nicht glaube, was diese Elli da geredet hat. Die Gerichtsverhandlung war ein Albtraum, all die Fotos und überhaupt, wie sie aufgetreten ist, ihr glasiger Blick zum Boden, und ich hatte die ganze Zeit Schmerzen im Bauch.

Irgendwann musste ich auf die Toilette gehen und mich übergeben. Mit pochendem Unterleib lehnte ich mich an die gekachelte Wand. Es war dein Schmerz, den ich ein letztes Mal mitfühlte. Doch ich will nicht mehr daran denken. Es war schon richtig, das harte Urteil und was ich später über das Schicksal der Frau aus der Zeitung erfuhr. Sollen sie doch zu Mumien werden in ihren elenden Mietswohnungen, solche Leute, und einsam sterben.

Auf dem Schiff gab es eine kleine Kantine, in der wir uns während der Überfahrt nach Finnland mit Zwieback und Tee versorgten. Niemand verriet uns auch nur mit einer Silbe, was uns am Ziel erwartete, und von selbst wären wie nie darauf gekommen. Fast alle hatten eine direkte Weiterreise nach Hause geplant, doch am Hafen mussten wir sofort in Transporter umsteigen, die uns Richtung Westen fuhren. Eine junge Frau, die in meiner Nähe saß, musste sich übergeben, und ab da war die Fahrt nur noch entsetzlich. Wir waren erleichtert, als wir am Ziel ankamen. Ihr seid in Hanko, sagte man uns auf Finnisch – wir dachten, nun würde alles gut werden. Doch wir hatten keine Ahnung. Man führte uns in ein großes Gebäude, wo wir in Stockbetten übernachteten. Am nächsten Morgen klatschte die Frau in der Küche uns den Brei in die Schüsseln und zischte, soso, die Huren der Deutschen muss ich jetzt bedienen. Mich verletzte das sehr, und hätte ich gewusst, dass man uns – junge Menschen, die sich verliebt hatten – in diesem Land noch Jahrzehnte so nennen würde, ich wäre sofort zurück nach Deutschland gefahren.

Aber davon ahnten wir nichts, und ich blieb. Am meisten belastete uns die Ungewissheit: Wie lange würde man uns in Hanko behalten, was hatte man mit uns vor? Aino Isokangas, mit der ich bis zu ihrem Tod in Kontakt geblieben bin, und einige andere sagten, ins Gefängnis könnten sie uns nicht stecken, wieso sollte man jemanden für die Liebe foltern. Woher hätten wir wissen sollen, dass verbrüderte Staaten und geliebte Menschen auf einmal zu Feinden werden konnten. Das versuchten wir auch dem unangenehmen Vuorimaa klarzumachen. Aber er schien auf anderes zu achten, jedenfalls schrieb die Sekretärin während der Verhöre unablässig mit. Die Sitzungen dauerten lange, und lang wurden uns auch die Wochen, die wir in Hanko bleiben mussten.

Vuorimaa war ein abscheulicher Kerl. Bei manchen Menschen sieht man den Charakter auf den ersten Blick. Er war ein breitschultriger, aber klein geratener Wichtigtuer. Ich wusste, er saß hier genau an der richtigen Stelle, am richtigen Hebel, seinen bösen Grimm erkannte man schon an der Kopfhaltung. Er hatte einen steifen Nacken, so gut wie keine Pobacken, kurze Arme und Augen, die sein Wesen sofort verrieten.

Das Verhörzimmer lag im Nebengebäude, dort saß man lange, immer nur eine Frau zur Zeit. Anna Havström war die Erste, die hineinmusste. Als sie zurückkam, sagte sie mit starrem Blick und wie in Zeitlupe, was ihr gerade aufgegangen war – man warf uns Landesverrat vor. Als ich dran war, dachte ich an dich, Lempi, und wie wir zu Hause mit Papa immer den finnischen Unabhängigkeitstag gefeiert hatten: Papa las aus Runebergs vaterländischer Gedichtsammlung des Fähnrich Stahl vor, und wir bastelten Flaggenketten für den Weihnachtsbaum. Im Kerzenschein dankten wir unserem Land. Mit diesen Bildern im Kopf trat ich vor Vuorimaa. Doch irgendetwas musste ich falsch gemacht haben, denn er verhörte mich deutlich öfter als die anderen. Anscheinend sagte ich nicht das, was er hören wollte. Ich konnte es nicht. Ich überlegte stets, wie du wohl geantwortet hättest, und warf ab und zu den Kopf in den Nacken, so wie du. Es half nichts.

In den siebziger Jahren habe ich bei einem Essen eine sympathische Juristin für Menschenrechte kennengelernt. Sie hieß Margareta, den Nachnamen verstand ich nicht, wir unterhielten uns auf Schwedisch. Man hatte uns nebeneinander platziert, wir fanden mühelos gemeinsame Themen. Sie hatte ein hübsches Lächeln und ein äußerst einnehmendes

Wesen. Bei manchen Menschen stellt man sofort eine See-
lenverwandtschaft fest, so erging es mir mit ihr. Umso mehr
erschrak ich, als mir im Laufe der Unterhaltung klarwurde:
Diese warme, attraktive Person war die Frau von Vuorimaa.
Entsetzlich, noch heute fröstelt es mich bei dem Gedanken,
dass dieser widerwärtige Mann eine so gute Frau hat. Unver-
mittelt stiegen die Erinnerungen an Hanko in mir hoch, und
mit ihnen die Tränen. Margareta bemerkte sofort, dass etwas
nicht stimmte, legte mir die Hand auf den Arm und sprach in
mitfühlendem Ton. Doch ich konnte sie nicht mehr so sehen
wie vorher.

Die Lektion war hart. Man erfasst einen Menschen nie
ganz. Ich weiß bis heute nicht, ob ich das wirklich begriffen
habe.

Der Nachteil war in meinem Fall, dass der Grund, weshalb
ich Finnland verlassen hatte, nicht glaubwürdig klang. Vuorimaa und seine Leute wussten von Max' Eheschließung.
Woraufhin ich so dumm war, ihnen ausführlich zu erzählen,
dass Max mich verlassen und ich ihn auf Margits Hochzeit
wiedergesehen hatte, zusammen mit seiner Verlobten. Wie
war das für Sie, was haben Sie da empfunden, fragte mich
Vuorimaa, und da ich von Narvik nichts erzählen wollte,
blieb ich weiterhin unglaubwürdig. Wie kann es sein, dass
Sie sich so rasch von dem abrupten Ende der Beziehung er-
holten, waren Sie überhaupt je in ihn verliebt?

Damals konnte ich noch nicht darüber sprechen. Ich
brachte es nicht über mich zu sagen, dass mein Verlobter

mich misshandelte und das Ende der Verbindung auch sein Gutes hatte. Wieso weinen Sie nicht, Ihr Verlobter hat sein Eheversprechen gebrochen, donnerte Vuorimaa. Aber ich konnte nicht weinen. Ich schaute auf meine Schuhe, die dringend geputzt werden mussten, und versuchte krampfhaft, ein paar Tränen rauszupressen, doch meine Augen blieben trocken. Es sah ganz danach aus, als würde ich des Landesverrats angeklagt und verurteilt werden. Damit drohte Vuorimaa mir immer wieder, er stierte mir in die Augen und fragte, ob ich wisse, wie es im Gefängnis sei.

Die Verhöre folgten keinem bestimmten Muster, was schlau war von Vuorimaa. Er änderte regelmäßig die Gesprächstaktik, wechselte urplötzlich das Thema, ich konnte mich an nichts orientieren. Immer wieder musste ich von meiner Kindheit erzählen, vom Geschäft meines Vaters und wie wir vor dem Krieg gelebt hatten, ehe Max und die Deutschen kamen. Ich wiederholte meine Sätze Dutzende Male.

Ich hatte einen Verlobten und einen Ring.

Wir wollten heiraten.

Ich arbeite nicht für ein fremdes Land, ich will nach Hause.

Vuorimaa lächelte gekünstelt. Nichts stellte ihn zufrieden. Irgendwann stand er auf und brüllte mich an. Ich konnte seinen Atem riechen und die roten Äderchen auf seiner Nase sehen, so nah war er.

An dem Punkt ging es nicht anders. Du warst meine einzige Ausflucht, Lempi, ich musste sie nutzen.

Du halfst mir aus der Situation heraus.

Endlich warst du die große Schwester, bei der ich Zuflucht fand, und es war nicht einmal eine Lüge, sondern stimmte, was ich sagte, nämlich dass meine Schwester kurz vor der Evakuierung ums Leben gekommen war, und ich schmeckte das sauere Flusswasser und spürte das harte Aufkommen, als ich fortfuhr, dass es keine anderen Verwandten mehr gebe und ich dringend nach Lappland müsse, um deine Kinder zu versorgen.

Dorthin würde ich gehen, sobald ich durfte. Nach Pursuoja.

Als ich den Weg, den man mir beschrieben hatte, auf das Haus zuging, wusste ich nicht, was passieren würde. Alles war offen, nichts stand irgendwo geschrieben. Ich war zwei Tage unterwegs gewesen, hatte die letzte Nacht im Kirchdorf geschlafen, im Gasthaus, und schon im Morgengrauen im Auto mitfahren können. Meine Haare hatte ich länger nicht gewaschen, mein Geld ging zur Neige. Ich fühlte mich starr und klamm, wusste aber, es gab jetzt kein Zurück mehr. Als ich das Haus am Ufer sah, konnte ich dich endlich fühlen. Es war Morgen, der Rauch stieg gerade aus dem Schornstein, auf irgendeinem Hof bellte ein Hund. Der Weg hätte eine neue Fuhre Kies vertragen, der Regen hatte Mulden ausgespült, die jetzt trocken lagen. Hier warst auch du entlanggegangen. Mit jedem Schritt kam ich dir näher, dem Hof, auf dem du gelebt hattest. Ich sah die Sauna und den Steg am Ufer, die große Tanne, die man hätte fällen müssen, sie stand zu dicht am Gebäude. Ich hob den Kopf und hatte keine Angst mehr. Ich war gerettet, und als Dank würde ich die Menschen auf diesem Hof retten. So dachte ich und ging wie du mutig voran, ohne zurückzublicken.

Viljami war ein guter Mann und vor allen Dingen ein guter Vater. Das war das Wichtigste, mich selber habe ich hintangestellt. Nach dem, was die Jungen hatten erleben müssen, zählte nichts anderes. Ich gab ihnen den Raum, eine

Familie zu sein. So habe ich es auch der Redakteurin erklärt. Wie der Kleine plötzlich den Kieferknochen seiner Mutter die Treppe hochtrug, erzähle ich nicht. Aber deshalb bin ich dageblieben. Ich habe nie versucht, ihnen eine zweite Mutter zu sein, auch keine zweite Frau für Viljami. Ganz bestimmt nicht, selbst wenn mancher sicher dachte, dass dies der Sinn und Zweck meiner Reise in den Norden war. Ich konnte sie einfach nicht allein lassen.

Was du gewollt hättest, weiß ich nicht.

Wahrscheinlich, dass ich bleibe.

Einmal habe ich versucht, mich zu vergewissern, es war um Weihnachten herum, und alles war ruhig, wir hatten uns eingelebt. Ich stand auf dem Steg, blickte auf den See hinaus, rief nach dir und lauschte.

Schneewehen lagen auf der dünnen Eisdecke, die frostige Luft roch nach Fichtenzweigen.

Doch ich hörte nur den Wind, den Schnee und von irgendwo einen Vogel. Dich gab es nicht mehr.

Ich danke

Dem See Kelujärvi: dafür, dass du in diesem Spiel zum Korvasjärvi wurdest.

Virpi Suutari: für den Film *Auf Wiedersehen Finnland*. Veikko Erkkilä (und Pekka Iivari): für die Bücher *Viimeinen aamu* (Der letzte Morgen) und *Jätetyt kodit, tuhotut sillat* (Verlassene Häuser, zerstörte Brücken). Dem Arktikum-Museum: für die Ausstellung *Wir waren Freunde*.

Katja Jalkanen, Jaana Kallio, Sari Raunio, Karoliina Timonen: fürs Anschubsen, Unterstützen, für Ratschläge und Ideen. Taika Dahlbom, Sari Rainio, Lari Mäkelä und Anna-Riikka Carlson: für ihr Vertrauen in das Manuskript.

Hanna Pudas, meiner Freundin und Lektorin: dafür, dass du mir gezeigt hast, ich kann's. Den wunderbaren Frauen im Verlag Gummerus: Ihr habt gesehen, was in *Lempi* steckt.

Eeva-Kaarina und Pekka Rytisalo für sprachliche Hilfe, Marjatta Hinkkala, Seppo Koutaniemi und Erkki Riihijärvi für die richtigen Worte im richtigen Moment, Mika Jokiaho für die Heranführung an wichtige Quellen.

Meiner Mutter und meinem Vater: Danke für Mustikkapulju (Blaubeerhütte), die hier zu Pursuoja wurde, und für all die Informationen über das regionale Essen. Mari und Tiina, danke für die Blaubeeren und dass ihr meine Schwestern seid. Danke, Dr. Marie Stopes, für *Das Liebesleben in der Ehe.*

Iku und Otso, danke für eure Liebe und den Raum zu wachsen.

Nachwort der Übersetzerin

Minna Rytisalos Roman um Viljami, Elli, Sisko und die abwesende Lempi entfaltet sich vor dem Hintergrund des Zweiten Weltkriegs im finnischen Lappland. Wie die letzten Kriegsjahre dort verliefen und wie sich die wechselhafte Beziehung zwischen Finnen und Deutschen gestaltete, ist finnischen Lesern bestens bekannt. Für die deutschen Leser mögen ein paar kurze Erläuterungen den historischen Horizont erhellen.

Jahrhundertelang zu Schweden gehörend, wurde Finnland 1809 Großfürstentum des russischen Zarenreichs, konnte sich jedoch im Zuge der Oktoberrevolution von Russland lösen und 1917 seine Unabhängigkeit erklären. Als Russland den kleinen Nachbarstaat gut zwei Jahrzehnte später im November 1939 angriff, um das strategisch wichtige Gebiet der Karelischen Landenge zu erobern, kam es zum Winterkrieg zwischen Finnland und Russland. Dieser wurde im März 1940 mit dem Friedensvertrag von Moskau beendet: Finnland hatte zwar seine Unabhängigkeit verteidigt, musste aber Teile des östlich gelegenen Karelien abtreten. Dem kleinen Staat wurde schmerzhaft deutlich, dass er sich langfristig nicht allein gegen russische Angriffe würde verteidigen können, und er suchte die Nähe zu Deutschland. Für die Deutschen wiederum war Finnland als geopolitischer Korridor nach Russland interessant. Soweit die Vorgeschichte.

Mit Hilfe des nationalsozialistischen Partners also, den man aus politischen Gründen nicht als offiziellen Verbündeten, sondern – wie auch im Roman zu lesen – pragmatisch als Waffenbruder bezeichnete und der wiederum seine eigenen Interessen verfolgte, gelang es Finnland ab Juni 1941 im Fortsetzungskrieg, die verlorenen Gebiete zurückzuerobern. Es folgte ein dreijähriger Stellungskrieg, an dessen Ende die erschöpften Finnen, die von der ebenfalls mürbe gewordenen Wehrmacht keine Hilfe mehr erwarten konnten, einen Waffenstillstandsvertrag mit Moskau unterzeichneten; die harten Bedingungen werden im dritten Romanteil von Sisko angedeutet. Der Vertrag beinhaltete den Verlust der zurückeroberten und weiterer Gebiete, hohe Reparaturzahlungen an Russland und die Verpflichtung Finnlands, für einen sofortigen Abzug der deutschen Truppen zu sorgen.

Nachdem nun Finnen und Deutsche über drei Jahre lang Seite an Seite gelebt und gekämpft hatten – im finnischen Teil Lapplands wohnten damals rund 180 000 Finnen, zu denen in dieser Zeit über 200 000 Deutsche stießen –, nachdem zahlreiche finnische Frauen, während die finnischen Männer an der Front kämpften, bei der Wehrmacht als Schreibkraft gearbeitet hatten, wurde aus der Freundschaft plötzlich Feindschaft. Damit fiel von einem Tag auf den anderen ein vollkommen anderes Licht auf persönliche Beziehungen und Zukunftsplanungen. So auch im Roman für Sisko.

Auf Verlangen Moskaus hatte Finnland die Wehrmacht innerhalb von nur 14 Tagen mit militärischen Mitteln aus dem Land zu treiben. Damit begann der Lapplandkrieg (Sep-

tember 1944 bis April 1945) zwischen Finnen und Deutschen, später auch zwischen Russen und Deutschen, in dessen Verlauf die abziehende Wehrmacht Straßen, Brücken,
Fährschiffe und Dörfer zerstörte, um ein Nachrücken der
Roten Armee zu verhindern und Rache am abtrünnigen finnischen Waffenbruder zu üben. Die hauptsächlich aus Holz-
häusern errichtete Stadt Rovaniemi wurde nahezu vollständig niedergebrannt – im Roman sieht Viljami in einer Zeitung
ein Foto dieser verheerenden Zerstörung. Den Abzug der
Deutschen Richtung Nordnorwegen organisierte der ebenfalls im Buch genannte Generaloberst Dietl. Noch lange Zeit
später waren Deutsche in Finnland ungern gesehen, und
Finninnen, die sich mit einstigen Waffenbrüdern eingelassen
hatten, wurden bis in die 1960er Jahre hinein diskriminiert,
ebenso ihre Kinder. In der Literatur hat man sich nach der
Jahrtausendwende verstärkt der Aufarbeitung dieses The-
mas gewidmet, auch bei Minna Rytisalo kommt es in Siskos
Geschichte zur Sprache.

Ein gutes Ansehen dagegen genossen Frauen, die sich von
deutschen Männern ferngehalten hatten und die die finnischen Frontsoldaten durch Loyalität und materielle Hilfe un-
terstützten, etwa über die Frauenorganisation Lotta Svärd –
1918 gegründet und nach einer Figur aus der im Roman
erwähnten Gedichtsammlung des Nationaldichters Rune-
berg benannt. Das Gedicht diente übrigens Bertolt Brecht als
Anregung für seine Mutter Courage.

Finnland wurde als einziger Nachfolgestaat des russischen
Kaiserreichs nie sowjetisiert. Es musste hierfür aber auch ei-

nen Preis zahlen. Verwiesen wird im Buch nicht nur auf die vielen Kriegstoten (über 91 000 bei einer Einwohnerzahl von damals 4 Mio.), sondern auch auf Gefahren und Belastungen speziell für die Zivilbevölkerung, etwa die brutalen Metzeleien durch russische Partisanen. Die Autorin benutzt als Beispiel das Dorf Lokka, in dem alle 21 Einwohner getötet wurden. Auch die zum Schutz der Bevölkerung erfolgenden Evakuierungen nach Schweden, Norwegen, Dänemark und in südlichere Teile Finnlands, bei denen – wie auch im Buch – Familien auseinandergerissen und Kinder ihren Eltern entfremdet wurden, hinterließen tiefe Spuren.

Minna Rytisalo hat ihre Fiktion kunstvoll und zugleich dezent in der damaligen Realität verankert. Gerade die Konzentration auf die Menschen und ihr Erleben lässt diese konfliktreiche Zeit für uns heute so lebendig werden.